·衛斯理小說典藏版 38·

瘟神

衛斯理
親自演繹衛斯理

《瘟神》

新之又新的序言，最新新的

衛斯理小說從第一次出版至今，歷時已近半世紀，總共出了多少正版，還能計得清，若是連盜版一起算，那就算找外星人來算，也算匆清楚哉！不知能不能也算世界紀錄。

算得清好，算匆清也好，能幾十年來不斷出新版，說明不斷有讀者加入，對作者來說，沒有更值得高興的事了，謝謝所有喜歡衛斯理的人，謝謝謝謝。

倪匡

二〇二〇年六月四日　香港

幾句話

寫了四十多年小說，論者將拙作分為三個時期：早、中、晚。在明窗出版的一批，屬於早期和中期的上半。三個時期的創作風格有相當程度的不同，所以風評不一。本人並無偏愛，但讀友對早期的作品，頗有好評，大抵是由於在早、中期作品之中，主要人物精力充沛，活力無窮，所以使故事曲折多變，小說也就格外吸引。明窗出版社此次重新出版這批作品，正好讓大家來證明這一點。

四十餘年來，新舊讀友不絕，若因此而能有新讀友，不亦快哉！

倪匡

二〇〇五年十一月六日

序言

《瘟神》這個故事，把傳說中的「主宰會」，運用想像力，使它在幻想中變得真實。

（據說，真是有這樣的一個組織的。）

在曲折的情節下，其實只想說明兩點：

一、人類的命運，是由少數人在主宰的，就算根本沒有「主宰會」這樣的組織，似乎也不能否認有這樣的事實。

二、各種各樣的病毒、致人於死的過程，儘管有所不同，但奪取人的生命，卻是它們唯一目的。這些病毒，有些是久已存在的，有些是突變而來的，有些，根本不知道是從哪裏冒出來的，它們殺人的本領，愈來愈強，被它們殺死的人，也愈來愈多。它們是某些人製造出來的，還是自宇宙哪一個角落突然來到的？

沒有人知道！

說是瘟神散佈的，最簡單最直接了。

故事畢竟是故事，若是看過就算，自然可以。

衛斯理（倪匡）

一九八七年九月八日

目錄

目錄

第一部

老扒手排名世界第三

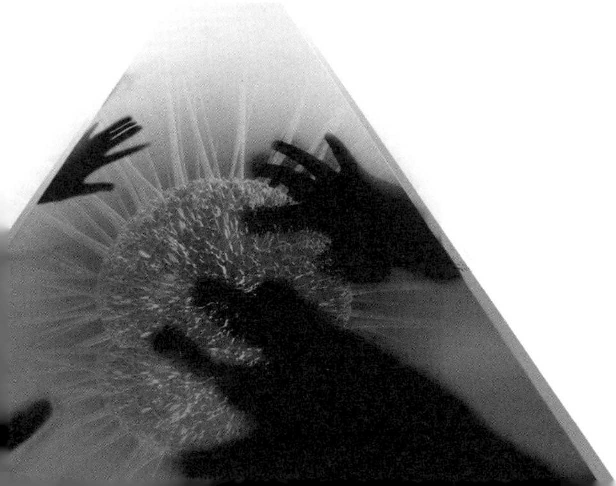

如果問：從事什麼行業，最需要有一雙靈巧的手？

答案會有很多，外科醫生、鋼琴家、刺繡者、雕刻家，許多許多，有沒有人想到過扒手呢？

是的，扒手。

扒手，最簡單普通的解釋是：從人身上竊取財物者——一定要從人身上竊取財物的才是，不然，就是小偷，不是扒手。

小偷和扒手不大相同，扒手，由於要在人身上竊取財物，而被竊的人，又一定處於清醒的狀態之下，所以，扒手要能得手，就不是容易，不但要有極靈巧的手，在最短時間內得到所需，而且要有心理學的知識，懂得如何轉移他人的注意力，曾有人研究過，扒手需要轉移他人注意力的程度，和魔術師相同，不能成功轉移，就不能成功。

扒手自然也要冒當場被捉到的危險，這就需要有冒險家的氣魄——明知自己從事的工作極度危險，可是表面上絕不能有絲毫慌張，這種鎮定工夫，要發自內心，有時，更要故意裝出十分泰然的神情，一個好演員，有時也未必做得到。

人手臂的長度有限制，所以，扒手在作業的時候，必然和目標十分接近，東西在人家的身上，在人家衣服的口袋中，都貼着別人的身子，要把東西轉移到自己手上，安全撤退，這期間，需要扒手眼明手快，心靈手巧，簡直非外人所能想像。扒竊，甚至可說是一種藝術。

一個人，如果能夠成為一個成功的扒手，應該可以說，他就能成為任何行業中的成功者。

以上，是一篇演講辭，聽來十分慷慨激昂，也旁徵博引，講來大有道理。演講者是一個看來毫不起眼的人，年紀大約五六十歲，面貌普通得記性中等程度的人，就算看到他二十次，只怕也難以從記憶中把他找出來，而在下次見面時，還得請教他貴姓。

那樣平凡的面貌，在他從事的行業中，佔了極大的便宜，就像舞蹈家天生有修長的腿，鋼琴家天生有特長的手指一樣。

他是一個扒手，當那麼樣貌普通的人，站在別人身邊的時候，別人根本不會對他加以任何注意，所以他要下手，也特別容易。

他不但是扒手，而且是老扒手，他看來像五六十歲，實際年齡是七十二歲，他不斷運動以維持健康，並且日日進行面部按摩，使他看來不那麼老。

（看！不論從事什麼行業，如果要出類拔萃，都得付出嚴酷的代價，連扒手都不例外。）

他健康情形極佳，到如今，如果照古老的、傳統的方式來考驗扒手的程度，他毫無疑問，還站在頂峰那一級上，正如他自己所稱的那樣，他的扒竊技巧，在中國，排第三，在世界，排第一——聽起來好像有點不對頭，但他有他的理論，他認為，扒手這行業，首先發生在中國，所以中國扒手的技術，遠在世界各國之上，在中國，即使排名第一百八十三，在世界，仍然排名第一。

（真的，扒手，作為一種行業，究竟已有多久的歷史了呢？只怕沒有人說得上來，不論身為扒手者如何為他自己的行業吹噓，扒手所從事的，是一種偷竊行為，那樣算起來，這一行歷史可能極其久遠，因為偷竊是人類本性中眾多惡性之一。）

他的名字，十分有氣派，古九非，若是曾在江湖上混過些日子的，一定知道他的名字，因為他是扒手中的老前輩，中國（自然也是世界）三大扒手之一。

古九非的那一番演辭，並沒人替他撰寫，完全是他自己的即興，他沒有受過正式的教育（嚴格的扒手課程訓練自然有過），可是很喜歡看書，各種各樣的書都看，久而久之，仗着他的天分聰明，自然融會貫通，學識也不同於一般。

（他常後悔，說如果不是那麼喜歡看書，多一點時間進行「業務訓練」，那一定不止排名第三，絕對可以排名第一。不過，他在這樣說的時候，對於自己的學問，遠在同行之上，也就很自負——其詞若憾焉，實乃深喜之。他不但是扒手，而且還惹上了知識分子的毛病。）

聽他演講的人，約有百餘，紅黃白黑，各色人種都有，有幾個金髮碧眼的少女，大有資格成為國際一級艷星，也在聽講，而當他的講話告一段落之後，熱烈的鼓掌。

（後來，更在他表演之後，熱情地擁吻他，他的評語是：洋妞看起來好看——可以遠觀，近，有點吃不消。）

百餘人聚集在一所古老大屋子中，那大屋子的主人，也是一個扒手，而這時，那麼多人聚集的目的，是自有人類歷史以來，第一次「世界扒手代表會議」。

這種空前的盛會，請出了扒手界前輩古九非來說話，自然會得到熱烈的歡迎。

在古九非說話之後，另外有幾個人講話，其中以一個韓國代表的說話，最受歡迎，他說：「明年在漢城，有盛大的、世界性的盛舉，歡迎各國同行到漢城來，韓國同行，一定竭力協助。」

接下來幾個人的講話比較悶，然後，則是各國代表，表演代表了各民族風格的扒竊技術，泰半乏善足陳——這也難怪，扒竊技術的種種巔峰手法，根本全在中國。

最後是古九非表演，一個全部按照人體關節製造的木人，掛在一個架子上，推出來，穿著整齊的三件頭套裝西裝，當着眾人，把一個一個小銅鈴掛上去，掛到十隻時，古九非揚起手來制止，然後宣布：「誰能在這木頭人身上扒得財物，而鈴聲不響的，可以登堂入室，成為一流扒手。」

幾個人上去試，有的手指才一碰到木頭人，就鈴聲大作，有的總算掀開了上衣，但也一樣使鈴發出聲響。

古九非神情難過，搖頭、嘆息，吩咐繼續懸掛銅鈴，同時背負雙手，吩咐翻譯，把他的話，用聯合國選定的語言翻譯出來，他說的話，簡直是痛心疾首之至：「在這裏，已經是世界扒手的精英，竟然連十個鈴的考驗都通不過。唉，扒手是藝術，不是每個人都可以當扒手，希望各位多下苦功。」

參加聚會的人，看着木頭人身上的銅鈴，已掛到三十個了，大多數（尤其是西方人）都現出幸災樂禍的神色來，存心看古九非出醜。

古九非吸了一口氣：「夠了，三十個鈴，已足以令這裏的人大開眼界了。」

他搓了搓手，「呼」的在掌心之中，吹了一口氣，也沒見他有什麼動作，只見他悠悠閒閒，若無其事地走近到木頭人，甚至還手掩着口，打了一個呵欠。在木頭身邊，轉個圈，順手向外揮，就有一樣一樣的東西被揮出來，一個樣子俊美的少年人，隨着他奔跑，把他揮出來的東西，一一接住，高舉起來讓人看——那些東西，全是剛才當着眾人，放進木頭人身上的衣服中的，有放進褲袋中的鈔票，有放在上衣袋中的皮夾子，有放在襯衫袋中的金筆，手腕上的手表，甚至手指上的戒指……

剎那之間，人人屏住氣息，鴉雀無聲，那時，木頭人身上的三十隻銅鈴，任何一隻，只要發出一下聲響，必然人人可聞。

可是懸空掛着的木頭人，硬是紋絲不動，身上三十隻銅鈴，自然也不會發出任何聲響來。

表演過程，前後至多一分半鐘，那少年人的雙手之中，已滿是「贓物」，古九非陡然站定，臉不紅，氣不喘，仍然是那種看來普通之極的樣子，背對木頭人站着，陡然轉身，向木頭人吹了一口氣，木頭人立時身子晃動，鈴聲大作。

直到這時，所有人等，才迸發出暴雷一般的喝彩聲，幾個金髮美女，努力把她們唇上的唇膏，印向古九非的臉頰，古九非微閉着眼，雙手在背後交叉，一動不動，絕不打那些美女的主意。

等到眾人激動情緒，略為平靜，古九非才道：「我十九歲那年，最高的紀錄，是六十六隻鈴，維持了將近二十年，才開始退步，現在，五十隻鈴還可以，再多，就難免出醜。一般來說，若是有五隻鈴，就極少失手了。」

一眾扒手，又是一陣感嘆，那少年人把自木頭人身上扒出來的東西，一一放回去，轉頭對古九非道：「我聽我一個朋友說起過這種訓練扒手的木頭人，和在木頭人身上掛銅鈴的事。」

古九非一揚眉，道：「哦，現在知道這種訓練方法的人不多了，你朋友叫什麼名字？」

那少年人道：「他的名字是衛斯理。」

古九非「啊」地一聲，把那少年拖到一邊：「衛斯理？白老大的女婿？」

少年連連點頭：「你認識他？」

古九非沉吟片刻：「應該互相聽說過。嗯……如果我想見他……」

少年人顯然未曾想到古九非有這樣的要求，立時現出為難的神色來。

那少年人自然知道，我，衛斯理，不是那麼隨便見陌生人的。因為那少年人的名字是溫寶裕，那個闖禍胚溫寶裕。

溫寶裕怎麼會和古九非「泡」到了一塊的呢？有必要作簡短的介紹。

完全是偶然。

（人生的際遇，有許多事的發生，都偶然之極。而偶然發生的事，可以對一個人的一生，形成巨大的影響，甚至於改變一生。）

溫寶裕、胡說、良辰美景到一個規模十分大的遊樂場去玩。那種遊樂場，正是他們這種年紀的人的天地，良辰美景十分喜歡那種環境，也和胡說、溫寶裕比賽着膽量和各方面的能力。

良辰美景受過嚴格的中國武術訓練，在各種遊戲中，自然也大佔上風，反正胡說和溫寶裕都很有君子風度，不是太着意和女性爭勝，所以嘻嘻哈哈，自然也樂在其中。

他們第一次見到古九非，是在遊樂場一個遊戲攤位之前，那遊戲攤位的遊戲，相當特別，有一個九曲十三彎的，鐵絲紮成的「迷宮」，迷宮都由雙線組成，兩股鐵絲之間的空隙，有時較寬，約有五公分，有時十分窄，大約只有半公分。

遊戲的玩法，是要用一根直徑大約三公分的鐵棒，在兩股鐵絲之間移動，而不能碰到鐵線——一碰上，就會有怪聲傳出，那就算輸了。

溫寶裕第十次勸良辰美景不要再玩下去的時候，聲音極大：「別再浪費時間了，世界上沒有人可以通過整個迷宮。你們自己看，最窄的地方有七八處，每處都間不容髮，誰的手有那麼穩定？」

那時，正輪到良辰在玩，沒有移動多久，又有怪聲傳出來，美景立時道：「我再試一次。」

溫寶裕臉漲得通紅，一伸手，在美景的手中，把那根鐵棒，奪了下來，叫：「別玩了。」

誰知道，他才叫了一聲，那遊戲攤的攤主，陡然揚起了一根細長的鐵枝，向溫寶裕的手背上，疾敲了下來。

良辰美景的行動雖然快，只是快在她們自己，要她們把溫寶裕推開，自然慢了一步，所以「啪」地一聲，鐵枝已經重重敲在溫寶裕的手背之上，那一下，還真敲得不輕，手背上立時紅腫起來。

良辰美景、溫寶裕、胡說，一起跳了起來，想和攤主理論，可是攤主卻先發制人，那是一個一臉橫肉，一望而知不是什麼善類的流氓，一開口，不但聲勢洶洶，而且一連串髒話，湧了出來，聽得平時只說說「他媽的」或是「他奶奶的」，就以為自己大有說粗話豪氣的那四個人，目瞪口呆，張口結舌，滿臉通紅，舉步維艱，想要還上一兩句口，如何插得進半句口去。

正當他們進也不是，退也不是，看來眼前虧已經吃定，只好君子報仇，三年不晚時，忽然在他們身後，有一個老人的聲音：「好了，又叫你打了，也給你罵了，也該住口了吧。」

那攤主人可能是橫蠻慣了的，厲聲又罵了兩句：「這小王八，阻我做生意，就該……」

看來，本來還有一連串的髒話要出籠的，可是那老者已將一張鈔票遞上去：「我來玩。」

有了生意，惡罵也就停止，這時，溫寶裕等四人，才看清，出頭阻止了惡罵的，是一個樣貌普通之極的老人家，也看到老人家遞出去的，是一張百元鈔票。

而攤主一接過鈔票，神情極度狡猾：「老伯，小孩子玩，十元一次，你就一百元玩一次吧，反正只要能通到底，彩金一百倍。」

那老伯——自然就是古九非，喃喃地道：「一百倍，那是一萬元了，你……賠得出嗎？」

攤主怒道：「當然賠得出，那麼大的遊樂場，就算我這裏不夠，場方也會代支。」

古九非連連點頭：「說得對。」

溫寶裕手背上剛吃了一下重的，這時兀自痛得捽手，又招了一頓臭罵，可是江山易改，本性難移，他又忍不住道：「老伯，你別浪費錢，沒有人可以通到底的。」

攤主立時又怒目相向，古九非笑道：「小朋友，這就是你不對了，壞人買賣，如殺人父母，少出聲，看我一大把年紀了，手是不是還夠穩。」

他說着，取過了那根鐵棒來。

這時，由於攤主的惡罵，本來就吸引了不少人，老者的突然出現，又充滿了戲劇化，而且，一百倍的彩金，在遊戲場中，又一個大數目，所以一下子，就圍了上百人在看。

溫寶裕還想仗義執言，去勸老者不要玩，良辰美景在他的兩旁，把他夾在中間，一邊一個在對他說話：「那老者看來不是常人。」

溫寶裕不服：「你們怎麼知道？」

她們道：「我們習過武，聽得出他的呼吸，綿遠細長，和常人大不相同，一定在寧氣靜息上，有極高的造詣，他是看攤主那流氓欺侮人太兇，替我們出頭。」

溫寶裕將信將疑，那時，古九非已開始玩遊戲。尋常人在移動鐵棒之時，總是又慢又小心，唯恐碰到了上下的鐵線，可是他卻又穩又快，若無其事，轉眼之間，已經通過了一半。

攤主面上變色，大聲叫：「大家鼓掌，喝彩。」

他想藉此令對手分神，可是古九非是什麼樣的身手，一轉眼間，已完成了十之八九，攤主人一發急，竟然想去搖動那迷宮。

良辰美景早已看出那流氓心懷不軌，立時各自彈出了一顆小鋼珠，射在他的腿彎之上。

也就在那流氓一個站不穩，坐跌在地時，觀眾發出如雷的掌聲，古九非已經通過了整個迷宮。

流氓站起來時，臉色之難看，自然也到了極點，溫寶裕興奮得奔過去，奔到古九非的面前，抓起了他的手來看，一面不住道：「不可能，不可能。」

他們雖然有過這一次偶遇，但是真正相識，卻又在幾天之後——那一次，人叢中忽然亂了起來，一些不明來歷的人，衝了進來，一下子就擠得人四散奔走，溫寶裕他們，在遊樂場門口，才會齊，再進去找那「江湖異人」時，已找不到了。

他們的確用「江湖異人」的稱呼來稱那個老者，也曾向我提及，我道：「有一個可能，是這老者玩慣了這種遊戲，他以前，可能就擺這種遊戲攤，所以駕輕就熟，自然得心應手。」

可以看得出，他們四個人對我的說法，不是十分同意，但卻也難以反駁。

這本來是平常之極的一件事，若不是有第二次的偶遇，事情自然也不會有進一步的發展。

早在大半個月之前，溫寶裕就一副喜心翻倒的神情，和胡說、良辰美景，鬼頭鬼腦，吱吱喳喳，說個不停，可是一見到了我，就不說什麼，我知道他想引我問他發生了什麼事。

可是，我卻忍住了，根本不去問他，到後來，他忍不住了，向我宣布了他的「特大喜訊」——他父母決定歐遊，為期一個月。

我看他那麼高興的樣子，不禁嘆了一聲，感慨做父母的，真不容易。在父母的立場而言，都覺得自己在盡力照顧子女，可是再也想不到，將成年的子女，視父母遠遊，為特大喜訊。

我一面嘆，一面道：「小寶，千萬別在你父母面前，表現那麼高興，他們會傷心的。」

溫寶裕為難：「也不能太難過了，不然，他們以為我不捨得他們遠遊，取消計劃，豈非休也。」

我道：「是啊，總要自然才好。」

想不到這一番話，被白素聽了進去，她責備我：「你對孩子，怎麼這樣説話。」

我苦笑：「你沒看到，小寶真感到高興?他家裏管得他太嚴了。」

白素不同意：「那還叫嚴?」

我想了一想：「小寶不是普通的孩子，大有獨立精神，他的父母也明知管不了他，可是還努力在盡責任，小寶的處境也夠難的了。」

白素也吁了一口氣：「至少有一個月可以鬆一口氣。」她説着，不由自主，向我伸了伸舌頭，作了一個鬼臉。

父母遠遊，孩子去送機，親戚朋友一大堆，飛機快起飛了，胖得已幾乎成為一根圓柱的溫三少奶，還抓住了小寶的手不肯放，千叮萬囑，雙眼潤濕，溫寶裕作了至少三百次以上的保證，才彷彿生離死別一樣，進了閘口。

（溫寶裕事後對人説：我一顆心一直懸掉着，生怕她忽然説捨不得和我分開，不走了。要真是那樣，我只怕會一頭撞死在飛機上——溫寶裕説話誇張，當然作不得準。）

父母才一進閘口，溫寶裕一個轉身，提氣前縱，三下兩下，就把其餘的送機親戚，摔到了身後——他和良辰美景在一起久了，很學了些輕功身法，雖然離來去如同鬼魅，還差了十萬八千里，但是行動之間，大是靈敏，倒是真的。他那時只想避開姨媽姑姐，所以專向人多處擠進去，在人叢中穿來插去，眼看已可以離開機場大廈，忽然身邊一聲大喝，已被人扭住了手臂，同時聽得有人大叫：「扒手，扒手！」溫寶裕再也想不到他會被人誤認為「扒手」，還在四面看着，直到看清抓住他的那個中年人，氣急敗壞，又惡狠狠瞪着他的樣子，他才哈哈大笑了起來，喝：「放開我，你弄錯了。」

那中年人不肯，糾纏間，警員已然來到，到了機場的警局辦公室，溫寶裕十分樂意接受搜身，在他身上，當然沒有找到那中年人失去的皮包，反倒在他的皮包中，找到了他的存摺，存摺中八位數字的存款，看得那中年人和眾警官目瞪口呆。

（那是溫寶裕為了維持研究陳長青留下的那間大屋子，變賣了一些屋中物件的得款，他身懷巨款，卻從來也沒有亂用過。所以，我說他是一個很有獨立精神的少年人。）

警官恭敬地送他離開，溫室裕聽到兩個警官的對話。一個說：「真怪，這幾天，每天的扒竊案，超過十宗，卻又一個也抓不到。」

另一個道：「是啊，看來像是全世界的一流扒手，都集中到本地來了。」

（那警官自然只是說笑，可是卻說中了事實——真的，全世界一流扒手，都集中在一起了。）

第二部

一隻紫絲絨小盒子

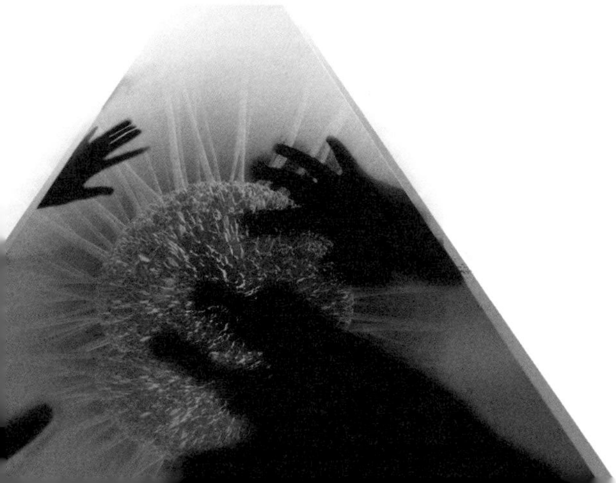

溫寶裕離開了機場大廈之後，就聽到背後響起了一個相當熟悉的聲音：

「小朋友，你是用什麼方法『換柱』的，能告訴我？」

溫寶裕回頭一看，大是高興，因為在他背後說話的，赫然就是那天在遊樂場見過的那個「江湖異人」，溫寶裕為人十分熱情，連忙抓住了老者的手：

「又見到你了，真高興，真好。」

古九非卻用十分古怪的神情，打量着溫寶裕，看得溫寶裕心中有點嘀咕，

古九非又問：「那麼快就放你出來，自然沒有在你身上搜到失物？」

溫寶裕一怔，還沒有回答，古九非又道：「你還沒有回答我剛才的問題。」

溫寶裕抓着頭：「你剛才的問題是——」

古九非笑：「你『換柱』用的是什麼手法？」

溫寶裕大是惘然：「什麼叫『換柱』？」

古九非像是大出意外，「啊」地一聲：「原來你是『外空子』。」

溫寶裕更是莫名其妙：「什麼是『外空子』？」

古九非也失笑：「你不懂？就是說，你是一個業餘的扒手。」

溫寶裕又好氣又好笑，大聲抗議：「我根本不是扒手。」

他在一本正經的否認，可是古九非卻向他眨了眨眼：「我是，不但是，而且，還是一個十分成功的老扒手，唔，我……」

可能是古九非認定溫寶裕是扒手，不但是，而且是扒手中的可造之材，也可能是溫寶裕的樣子相當惹人喜歡，更可能是他也要在適當的時候，炫耀一下自己（人人都有這種傾向），所以他又加了一句：「排名中國第三。」

溫寶裕本來很生氣，可是這時，卻被古九非的話，引起了興趣，而且他本來就對這個「江湖異人」印象十分好，所以這時，他也興致勃勃，側着頭，一副不相信的神情：「是嗎？那一定了不起之至了？」

這時，恰巧一輛大房車停下，他們還在機場大廈的門口，車子幾乎就停在他們的面前，車門打開得十分無禮，幾乎撞在他們的身上。

溫寶裕和古九非各自退後了半步，先跨出車來的，是一個跟班模樣的人，狐假虎威，還向溫寶裕和古九非兩人，狠狠瞪了一眼，又去打開了車子後面的車門，自車中，又跨出了一個一望而知是大亨型的人物來，有一點怪的是，那大亨自己，提着一隻公文包——一般來説，大亨很少自己提公事包，都由跟班來提，如果他要親自提的話，裏面一定有極重要的物事。

溫寶裕一見這種情形，就向古九非挑戰似的，望了一眼。這一老一少兩人，相識雖然不久，可是顯然雙方之間，大有默契，古九非立時點了點頭，向前走去，在那大亨和跟班之間插過，看來像是一個匆匆趕路的人，動作雖然冒失了一點，但也不至於惹人詈罵。

古九非到了對面馬路，大亨和跟班走進機場大廈，溫寶裕也奔了過去，古九非笑滋滋問：「看到了沒有？」

溫寶裕大奇：「看到了什麼？」

古九非悶哼一聲：「剛才，我在那大亨身上，弄出了一隻皮包，那叫『偷樑』，又立刻把那隻皮包，放到了那狗仗人勢的跟班身上，那叫『換柱』，偷樑換柱，一口氣進行，快是快了一點，難怪你看不清。」

溫寶裕真的什麼也沒有看到，可是古九非的話，也令得他大感興趣。他道：「那大亨，要是發現那皮包到了那傢伙的口袋中，那傢伙不知如何解釋？」

古九非也哈哈大笑：「這算是給他的一點小教訓，我還在那大亨的身上弄了一些東西來，不知是什麼？」

他說着，一翻手掌，像變魔術一樣，手掌上已托了小小的一個方形小包，約莫是五公分立方，用十分考究的深紫絲絨包着，纏以金色的線。

他把那小方盒在手上拋上拋下，又問溫寶裕：「你真的不是扒手？我看你一副精靈相，以為一定是。」

溫寶裕苦笑，心想這不知是什麼邏輯，人長得一臉精靈相，就必然是扒手？他只是好奇：「老先生，你——」

說到這裏，有一輛汽車，在他們面前停下，車中一個中年人探出頭來：「師父，到處找你，時間到了。」

古九非打開車門，仍然對溫寶裕有點依依不捨：「我要去開一個會，你參加不？」

溫寶裕隨口問：「什麼會？」

古九非的回答，令得這個無事尚且要生非的少年興奮得幾乎大叫。

回答是：「世界扒手代表大會。」

溫寶裕送了父母上機，正在想有什麼新鮮玩意，如今有這樣的好事送上門來，焉有不答應之理？他本來還想提出，請胡說、良辰美景一起參加，但上了車之後，車行迅疾，他唯恐一提出來，連自己參加的機會都錯失了，所以就不再出聲。

就那樣，他參加了那次會議，聽了古九非的演講，看到了古九非的表演，終於因為多了一句口，惹得古九非提出了要和我會面的要求。

古九非當時，看到溫寶裕面有難色，他又取出了那隻扒自那個大亨身上的小盒子來，拋上拋下：「你猜猜，這裏面會是什麼？」

溫寶裕翻着眼：「你知道？你有透視能力？」

古九非笑：「絕對有人有透視能力，不過我不會，我猜，是大亨送給情婦的首飾。」

溫寶裕不屑地撇嘴：「一點想像力也沒有，我猜是一大批秘密文件的縮影。」

古九非「嘖嘖」連聲：「中了間諜電影的毒，我猜……是一個怪獸的試管胚胎。」

溫寶裕「哈哈」大笑：「有點意思，我猜是一種新型的武器，雖然小，但足以毀滅一個城市。」

古九非「嗯」地一聲：「幾乎可以是任何東西。」

人都有好奇心，溫寶裕的好奇心更盛，而古九非對於如何撩撥起人的好奇心，顯然十分在行，溫寶裕搔耳撓腮，舔舌砸唇：「打開來看看，就可以知道了。」

古九非想了一想：「剛才那個大亨，你認得他？」

溫寶裕大搖其頭，古九非道：「我也沒見過，不過氣派很大，好像又有點神秘，我想這東西，說不定關係重大，因為他放在西裝背心裏層的一個暗袋之中。」

溫寶裕賠着笑臉：「拆開來看看。」

小滑頭遇上了老滑頭，佔上風的自然總是老滑頭，古九非這時，提出了他的條件：「你能安排我和衛斯理見面，我就把這東西送給你。」

溫寶裕又好氣又好笑：「誰知道那是什麼，我為什麼要替你出力。」

古九非瞇着眼：「正因為你不知道是什麼，所以才要出力，它可能是……『異寶』！你自然知道衛斯理記述過的那個故事，通過『異寶』，可以和不知在多少萬光年之外的外星宇宙航行者見面、講話。」

古九非的話，又令得溫寶裕不由自主，吞了一口口水，眨着眼：「我不能直接帶你去，可以安排，安排好了，再通知你。」

古九非想了一想，表示同意，留下了一個聯絡電話，又將那盒子在溫寶裕的面前晃了一下，令溫寶裕幾乎忍不住要把它一把搶過來。

溫寶裕這次，倒十分老實，一反他平日行事鬼頭鬼腦的習慣，也不轉彎抹角，在和古九非分手之後，來到我的書房，白素也在，他第一句話就是：「我今天又見到了那個江湖異人，原來他是一個扒手，叫古九非。」

我聽了，只覺得名字相當熟，一時之間，還想不起那是什麼人來，白素卻立時發出了「啊」地一下低呼聲：「古九非是大江以南，第一扒手。」

溫寶裕大是興奮：「他自稱中國第三。」

白素由於白老大的關係，對江湖上五花八門的幫會、堂口、組織，都十分熟悉，三教九流之中，也多有出類拔萃的人物，她也大都知道，她點頭：「是，還有兩位，都在大江以北，他出道時，年紀極輕，被譽為扒手中的神童。」

我「哈哈」大笑：「難怪他見了小寶會歡喜，多半他想培養小寶做他的接班人。」

溫寶裕漲紅了臉，接着，就再說了今天在機場中與之相遇的經過，說他如何慫恿古九非表現一下身手，說到那大亨和跟班的情形。

白素作了一個手勢，暫時打斷了他的話頭，取過了一張報紙，打開，指着一張相片，望向溫寶裕，我向照片看去，照片是一個大亨型的人物。

溫寶裕叫：「就是他。」

我怔了怔．一看到照片，不必看說明，我也知道那是什麼人，這個人的背景，堪稱複雜之極，他有阿拉伯血統，在中東，有一塊「領地」，所以他有着「酋長」的銜頭。然而他那塊領地，相當貧瘠，並無石油出產。可是他和阿拉伯世界的要人，關係極好，極受歷任重要人物的信任。由於產油國組織的緣故，又和印尼扯上了關係，據說，印尼那一次著名的政變，由他負責供應軍火。

而他現在，是世界上最大的軍火買賣商——這一點，雖然說是秘密，但卻也十分公開。

軍火掮客和其他生意不同，可以在世界各地，受到各地政府的尊重。因為國家可以分成兩類：一類需要買進軍火，一類，需要出售軍火，軍火掮客遊說其間，自然如魚得水，獲益無數。

所以，有人統計過，他的財產未必是世界第一，但是豪奢卻可以名列三名之內，他用七四七廣體型客機來做他的私人飛機，據說，上面的浴缸都是純金的。（人類有許多愚蠢的行為，用純金來鑄造浴缸，不過是其中之一而已。）

這個人的名字相當長，但大家都稱他為阿加酋長。

竟然是阿加酋長。

我一面覺得吃驚，一面也感到事態可疑，溫寶裕正在看報上對相中人物的說明，神情也變得十分疑惑，我道：「不對吧，像他這樣的大人物，座駕車應該直駛停機坪，怎麼會在機場外下車，遇上了你們？」

溫寶裕指着報紙，抬起頭來：「在機場外遇到他的機會太少了。本地政府對他的來到，不是很歡迎，所以請他早日自動離境，也不給他享有特權，理由是和他的酋長國，並無直接的外交關係，我想這是他所以怒氣沖沖，和普通人一樣的原因。」

我接過報紙來看了看，果然如此，我不由自主揮了一下手：「好傢伙，自這樣一個大人物身邊暗袋中扒來的一隻小盒子，裏面真有可能是任何東西。」

溫寶裕更是心癢難熬；「請你見一見那位古九非，那盒子就是我的了。」

我在沉吟未決，白素已然道：「古九非是一個十分有趣的人物，和白老爺子也有過淵源，可以見一見，可是那個小盒子……」

她說到這裏，皺了皺眉，我忙道：「怎麼啦？你想到了什麼？」

白素嘆了一聲——她很少無緣無故嘆息，所以令得我和溫寶裕，都十分緊張，不由自主，互望了一眼，等待她進一步的說明。

白素停了一停：「我沒有想到什麼，只是感到了有凶險或是不祥，所以，我不贊成你接受那……東西，最好是把那東西……還給他，或者，用最直接的方法毀掉。」

溫寶裕不敢提什麼反對的意見，只是嘟着嘴不出聲。我也不同意：「這未免太沒有來由了吧。單憑一些感覺，就……連看也不看一下？」

白素來回走了幾步：「也還是有點根據的。阿加酋長這個人，販賣軍火，他的生意所帶來的，必然是大量生命的喪失，他和死亡聯繫得如此緊密，一點也不分開，在他身上，感到些不祥之兆，不是很自然嗎？」

我和溫寶裕相視苦笑，溫寶裕勉強笑笑：「要是古九非他不肯……」

白素搶着說：「古九非要是知道了他是什麼人，也肯答應的。扒手是一種感覺十分敏銳的人，像阿加酋長，本地政府表示對他不歡迎，自然也大有理由，一提起他的名字，使人聯想起什麼？」

我道：「他的名字，他的行為，和大量的死亡有關，他使人聯想起——」

溫寶裕搶着說：「瘟神。」

我聳了聳肩：「不很確切吧，他只負責供應軍火，並不製造戰爭，沒有他供應的軍火，一樣會有戰爭。而如果沒有瘟神散佈瘟病，就不會有瘟疫。」

溫寶裕一本正經：「也差不多，總之死亡因他的行為而擴展。」

白素攤了攤手：「是啊，在瘟神身上得到的，會有什麼好東西？」

溫寶裕的腦筋動得十分快，他臉色陡然一變，不由自主，打了一個寒顫。我知道他在剎那間，已經想到了許多中外有關瘟神的傳說。

瘟神，是以瘟疫害人的鬼神。瘟神不知用什麼方法傳播瘟疫，而瘟疫一生，可以赤地千里，死人無數，自然令人不寒而慄。

看到他這種情狀，我不禁有點好笑，大聲道：「小寶，考考你對瘟神的常識。」

溫寶裕道：「全是些傳説——」

我搖頭：「不，很有些確鑿的記載。」

溫寶裕吸了一口氣：「《聖經》最後一篇，〈啟示錄〉裏有這樣的記載：『揭開第四印的時候……有權柄賜給他們，可以用刀劍、饑荒、瘟疫、野獸，殺害地上四分之一的人。』那個騎在灰色馬上的，至少也擔任了瘟神的角色，因為他傳播瘟疫，令人死亡。」

我點頭表示讚許：「中國的傳說更多，瘟神有各種形象，傳播各種不同的瘟疫，多半由於中國古代的衛生條件差，瘟疫多，所以有關瘟神的傳說也特別多。」

溫寶裕興奮起來——凡是題目獨特的討論，他都極有興趣。他道：「最著名的一個故事，是一個好心人，途遇一個女子，捧着一隻盒子，在道旁休息，他把自己帶的水給那女子喝，女子雖然拒絕，但也感激，就對好心人說她是瘟神，那盒子中，就是瘟疫的媒介，一揭開盒子，就要死千千萬萬人，叫好心人快回去，在屋簷下掛苦艾葉，就可以得免。」

溫寶裕講到這裏，舔了舔口唇：「好心人聽了，飛奔回家，逢人就叫人在門上掛苦艾葉，大多數人不相信，也有人相信，就摘了苦艾葉掛在門口，等到好心人奔到自己家門口時，田野間的苦艾葉已被人摘完了，他找不到苦艾葉來掛——」

我聽到這裏，大喝一聲：「你這小子少胡說八道，最後一段，是你自己編出來的。」

溫寶裕吐了吐舌頭，白素卻道：「編得很好，想不到小寶還能編故事，照你的意思編下去，最後怎麼樣？」

溫寶裕大樂，手舞足蹈：「自然在最後關頭，他得了一片苦艾葉，瘟疫來了，許多人死了，凡是掛苦艾葉的，都沒有事，可是好人難做，閻王收的鬼少了，就派小鬼來找好心人算帳——」

他愈說愈信口開河，我又大喝一聲：「閻王派的就是你這個小鬼。」

溫寶裕笑：「這種故事，可以無窮無盡接下去。」

白素微笑：「最具體詳細的有關瘟神的記載，是在《三教搜神大全》這本書中。我背不出原文來，小寶有興趣，可以到圖書館找這本書來看看，一共有五個瘟神，手中都拿不同的器具，專管春夏秋冬各類瘟疫，好像還有姓名的。」

溫寶裕大感興趣，忙把書名記了下來，問：「好像瘟神手中都拿着東西？」

我笑：「那是放疫症用的，打開一格，放出來的是黑死桿菌，那麼，就鼠疫流行，放出來的如果是霍亂弧菌，不消說，人人上吐下瀉，除非在門口掛上苦艾葉。」

溫寶裕哈哈大笑：「要是兩種疫菌一起跑了出來呢？」

我一瞪眼：「那還用說。自然是兩種混合，產生了一種新的病菌，也產生一種新的瘟疫。」

溫寶裕側着頭，又想了一會，才道：「真怪，中國的醫學，一直不知道細菌，也不知道細菌致病這回事。可是在瘟疫這件事上，瘟神又必須散佈一些什麼，才能形成瘟疫，很是矛盾。」

我早就說過，溫寶裕的想像力，大有天馬行空之勢，一扯開去，收都收不住，我向白素望去：「你怕什麼？怕阿加酋長身上那隻盒子，要是一打開來，就像打開了瘟神手裏的盒子一樣？」

白素道：「我當然不是這個意思，只覺得不必去惹那種麻煩。」

我忽然想起來了：「嘿，阿加酋長的那小盒子中，如果真有着極重要的東西，他一定早已發覺了，要是他記得古九非曾在他身前出現，因為懷疑古九非，那……這個老扒手……」

溫寶裕也緊張起來，因為他曾和那個跟班互相瞪視，人家自然也可以認得出他來，他忙道：「那會……有什麼後果？」

我悶哼一聲：「惹殺身之禍，都不算什麼。」

溫寶裕發呆，白素向他作了一個手勢，示意他去打電話，溫寶裕忙匆匆按着電話，電話一下子就有人聽，溫寶裕立時鬆了一口氣：「古老先生，衛先生、衛夫人請你快來，我也在等你。」

電話中傳來古九非愉快的聲音：「好極，我有一件奇怪到不能再奇怪的事，要向他請教。」

我用手勢做成一隻小盒子的樣子，溫寶裕立時道：「你可知道，被你扒走了一隻小盒子的是什麼人？」

古九非停了一停：「當時不知道，現在知道了。」

溫寶裕緊張起來：「這個人不是善相與的，古老先生，你要小心。」

古九非笑了一下：「我也不是好吃的果子，告訴我地址，我立刻就來，那小盒子還是你的，好小子，可能是一整盒鑽石。」

第三部

一塊空心的鉛玻璃

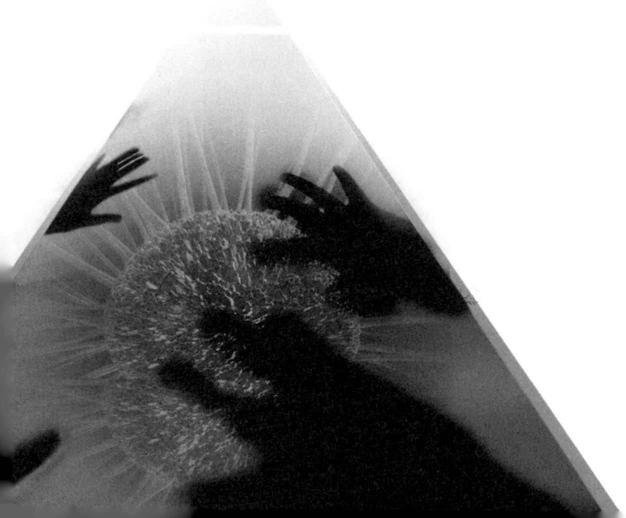

他迅速放下電話，我留意剛才溫寶裕所接的電話號碼，那一區離我的住所相當遠，至少需要半小時以上的車程，反正沒有事，就聽白素講古九非的扒竊史中，最為人稱頌的幾宗。

有一宗，是他曾在當年日軍憲兵司令的公文包中，把一份要逮捕的黑名單偷了出來，使名單上的愛國志士能及時躲避，救了不少人，而失竊的憲兵司令，一直不知文件是如何失竊的。

還有一宗，他竟然可以把一個美女的肚兜，在那美女不知不覺的情形下，偷到手中——這一宗，人人都懷疑他和那美女是事先串通了的，他為了維護自己扒手的名譽，要和人決鬥……等等，都相當有趣，溫寶裕道：「可不是，我早就知道他是江湖異人。」

我打了一個呵欠，看看鐘，時間已過了半小時有餘：「我們的江湖異人，應該來了吧。」

溫寶裕道：「他說有一件奇怪之極的事要告訴你，不知道是什麼事？」

我笑：「可以是任何事。」

溫寶裕道：「範圍可以縮小一點——一定和他的扒手生涯有關。」

我一揮手：「那也可以是任何事，對了，阿加酋長最近的活動是什麼？」

白素一直在翻着一本時事雜誌，所以我才這樣問她，白素立時回答：「做了四十枚中程飛彈的生意，買方是伊朗和伊拉克。」

我悶哼了一聲，軍火掮客和戰爭販子，沒有什麼分別。白素又道：「估計他在這單買賣中，可以獲利兩億美元，不過據揣測，還有更龐大的交易，同時在進行，買賣雙方，都保持極度機密。」

我霍然站起：「那小盒子中若是有關這項秘密，哼，十個古九非，再加十個溫寶裕，也不夠死。」溫寶裕面色蒼白，可是又擺出一副倔強的樣子，白素皺着眉，溫寶裕看到白素的神情也那麼嚴肅，面色變得更加蒼白。

白素緩緩吁了一口氣：「完全是偶然的事，可以發展成為不知是什麼樣的事件。」

溫寶裕叫起來：「別……嚇我。」

我用力一拍桌子：「古九非到現在還沒有來，就可能出了意外。」

一時之間，人人都靜了下來，靜默維持了足足三分鐘，我已經在按電話號碼，又向溫寶裕要了古九非的電話，去問我的一個朋友——他有根據電話號碼，立時查出電話所在地址的本領。

我得到了那個地址，溫寶裕道：「可以再等一會。」

我搖頭：「可能已經太遲——」

溫寶裕也按了電話，一直沒有人接聽，我正色道：「小寶，你不准離開這裏，事情可大可小，可能只是一場虛驚，可能——」

我才講到這裏，門鈴聲已然響起，溫寶裕動作快絕，自樓梯的扶手上直滑下去，衝到門前，打開門，門外站着一個樣貌普通之極的老年人，溫寶裕站定，長長吁了一口氣，立時轉身向我望來。那老年人自然就是古九非，我也鬆了一口氣，我並不認為剛才的擔心多餘，事情究竟會怎麼發展，誰也不知道。

白素也已走下樓去：「古大叔嗎？常聽得家父提起你。」溫寶裕也笑：「才聽了你很多傳奇故事。」

古九非走進來，他顯然早已知道白素的身分，所以向白素行了一個十分古怪的禮——那多半是他們扒手所行的大禮。

然後，他和我握手，自我介紹：「古九非，扒手。」

我曾聽過不少人在我面前自我介紹，但自稱扒手的，倒還是第一遭。我忙道：「衛斯理……」可是一時之間，我難以向自己的身分，下一個簡單的介紹，所以只好支吾了事。

溫寶裕一看到我和古九非握手，立時就向古九非攤開了手——他已安排了我們的見面，古九非就該把答應給他的東西給他了。

白素顯然還堅持她原來的意見，叫了一聲：「小寶。」

溫寶裕假裝聽不見，仍然向古九非攤着手，古九非後退了一步，笑着，卻向我指了一指。

溫寶裕「啊」地一聲：「換柱？」

古九非望着我，白素和溫寶裕，也向我望來，我明白古九非的意思，他是說，那小盒子，剛才那一剎那，他已運用了高超的扒手手法，放在我身上了。

我忙張開雙臂，跳了幾下，表示全然不知那東西在我身上什麼地方。那天天氣相當熱，雖然室內有空氣調節，但穿的衣服也不會太多，有沒有藏着什麼，很容易看出來。

古九非仍然笑着：「衛先生，請不要見笑，在你的後褲袋裏。」

我現出十分驚訝的神情——應該驚訝的，因為他和我見面、握手，始終面對面，而他竟然能把東西放進了我的後褲袋中，當然難度極高。

溫寶裕一聽，「啊哈」一聲，立時轉到了我的身後，那時，我雙臂仍然張開，平舉着。一般的男裝褲，都有兩個後袋，溫寶裕伸手在兩個袋上拍了一下，聲音大是疑惑：「不對吧。」

古九非陡然一怔，向我望來，我避開他的目光，可是，古九非已經知道怎麼一回事了，故作失聲：「不在了？那可不得了，有比我更高的高手在。」

溫寶裕自我身後探頭出來：「誰？排名第一和第二的高手到了？」

古九非笑：「只怕是個業餘高手。」

溫寶裕自然也明白了，直視着我，我笑：「給你十分鐘時間，找得出就找，找不出，就照原來的計劃，把它毀去，別讓它存在。」

古九非訝異：「為什麼？」

我用十分簡單的方法，向他解釋了一下，同時，也提醒他，他在阿加酋長的身上，把那東西弄了來，可能為他自己和溫寶裕，惹下了天大的禍事。

那時，溫寶裕圍着我團團亂轉，又把我的雙手，扳開來看。

他那樣做，很有道理，因為古九非一進門，先向白素行禮，再和我握手，自然是在那時，把東西放進了我的後褲袋中。

而我這個「業餘高手」，立時覺察，又把東西取了出來，轉移了地方。我一直站着，沒有走動過，最大的可能是東西還在我的身上。所以溫寶裕不但圍着我亂轉，而且還任意在我身上搜索——我既然答應了給他十分鐘時間找，也不能阻止他。

在溫寶裕找尋那東西時，我和古九非仍一直在對話，古九非神情也有點擔憂：「我倒不怕，見過我一兩次的人。不會記得我，倒是小寶這孩子……」

溫寶裕大聲抗議：「我早已不是孩子了。」

古九非改口：「這小伙子長得俊，誰見過他一次，都會記得他。」

溫寶裕這時，至少已花了五分鐘，一無所獲，正在發急，一聽之下，忙道：「那麼，要是我給人家追殺，叫我交出那東西，而我要是交不出，那必然叫人碎屍萬段，你們於心何忍？」

我悶哼一聲：「就算交得出來，也一樣保不住小命，碎屍九千九百九十九段，和萬段也沒什麼分別。」

溫寶裕嘆道：「多少總好一點。」

他説着，又用力一頓腳，向着我：「要是不知道那東西是什麼，以為阿加酋長身上來的，一定是重要物件，終日提心吊膽，這往後的日子怎麼過？很有可能，那只是普通東西。」

溫寶裕一番話，倒大有道理，那東西可能普通之至，失去就失去，阿加酋長可能根本不在意，我們倒在這裏自己嚇自己，豈非冤枉？

我一想到這一點，立時向白素望去，白素顯然也有同感，點了點頭。

溫寶裕十分靈敏，一下子就看出了苗頭，直跳了起來：「手法真快，唉，算我倒霉，和三個扒手打交道。」

白素嗔道：「我可沒做什麼，只不過接贓……」

她說到這裏，自己也不禁笑了起來，伸開手，那小盒子正在她手中——自然是我以極快的手法交給她的。

溫寶裕一伸手搶了過來，放在一張小圓桌上，我們都圍着這張小圓桌坐了下來，白素替古九非和我斟了酒，溫寶裕居然沉得住氣，將小盒子外的金線，小心解開，又拆開了包小盒子的絲絨。

解開了絲絨之後，露出來的是一隻銀質的小盒子，打開盒蓋——那一剎那間，幾個人都很緊張，因為盒中是什麼，立刻可以知道了。

盒中是和盒子幾乎同樣大小的一方「水晶」（其實是鉛化了的水晶玻璃，不知從什麼時候起，這種玻璃被廣泛地稱為「水晶」）。

溫寶裕眨着眼，把那塊玻璃，取了出來，看起來，那像是一個小型的玻璃紙鎮，如果在別的場合之下，見到了這樣的一塊玻璃，雖然它晶瑩透徹，也不會多注意它的，只當是一件小擺設而已。

可是，它卻是從阿加酋長這樣的人物，一個隱秘的口袋中取出來的，那就必然不會只是一塊普通的玻璃。

我們四個人傳觀着，都發現這塊玻璃是空心的——空心部分十分小，大小恰如一粒普通的骰子，那空心部分，要不是方形的話，一定會以為那是製造時留下的氣泡。

發現了這一點，沒有什麼意義，只不過是空心的而已，空心部分什麼也沒有，那是一眼就可以看得清清楚楚的。

溫寶裕首先問：「這算什麼？」

古九非的回答極幽默：「這是一塊玻璃，小伙子。」

溫寶裕瞪了他一眼，白素皺着眉：「會不會是有紀念性的東西？」

我冷笑：「我不認為阿加酋長這樣的人，會那麼有情感。」

白素悶哼一聲：「魔鬼也有感情的。」

我攤了攤手，自然不會在這個問題上爭論下去，我用力叩着那塊玻璃：「一定要弄清這有什麼古怪，不然，不知要疑神疑鬼多久。」

溫寶裕拍胸口：「放心，包在我身上。」

我自然知道溫寶裕這樣說，大有根據，他和胡說以及良辰美景，幾乎已把陳長青的那棟大屋子，變成了世界上最多花樣的研究所了——不是說他們的規模大、儀器多，而是說花樣最多，從研究刺繡品到昆蟲，從古代武器到現代音響，四個人興趣廣，又有足量的錢可供他們用，自然天翻地覆了。

白素仍然皺着眉，古九非喝了一大口酒：「我看事情不會有什麼嚴重，這塊玻璃，也不像有什麼秘密——」

看到我們有不以為然的神情，就補充道：「玻璃是沒有秘密的，因為它透明，什麼秘密都藏不住。」說了之後，他自以為幽默，所以打了一個哈哈。

我一點也不覺得好笑：「我曾有一塊大玻璃磚，竟然是一部宇宙航誌，看來和玻璃完全一樣。」

古九非對我的經歷，十分熟悉，他點頭，又拍着自己的頭：「對，我倒忘了，是盜墓專家齊白派人送來給你的。」

我心中升起了一股十分奇詭的感覺，指着那玻璃：「要是這裏面，也蘊藏着什麼秘密的話，它的主人，一定會用盡方法把它弄回去。」

溫寶裕笑：「那大不了還給他好。」

古九非也笑了起來，氣氛相當輕鬆，我想起自己剛才以為古九非已經出了事的情形，也覺得自己太緊張了。當我想到這一點時，我向白素望了一眼，恰好白素也在望我，口角向上翹着，似笑非笑，像是在說我太緊張了。而古九非扒來的東西，要將之毀滅這一點，又是白素先提出來的，所以我瞪了她一眼，她立時眨了眨眼，表示她緊張得有理，而我緊張得過分。

我和白素，在一起那麼久，完全可以從對方的一個小動作之中，揣知對方的心意，幾乎已經和用語言溝通一樣，兩個人之間，能夠這樣，自然十分難得，她也顯然想到了這一點，是以我們兩人同時心滿意足地微笑。

這一切，都叫古九非看在眼中，他突然在溫寶裕的肩頭上拍了一下：「看到沒有，小伙子，眉來眼去，就是那麼一回事，嗯，那天在遊樂場的一對雙生女，有一個是你女朋友？」

少年人一被問及這樣的問題，沒有不臉紅的，他忙道：「不，不，那兩個……那兩個……」

支吾了半天，「那兩個」究竟怎麼樣，還是沒能說得上來，惹得我們三人大笑，溫寶裕尷尬之極。

溫寶裕伸手抓起那塊玻璃，也不及將之放回盒中，就那樣握在手裏，一溜煙奔了出去，到門口，才叫了一聲：「我去研究，有結果就告訴你們。」

他打開了門，又叫：「說不定玻璃裏面，有一個隱形的妖魔，見風就長，見人就吞——」

叫到這裏，他像是忽然想起，一個隱形的妖魔，若是吞人入肚的話，情狀一定怪異之極，是以「嗖」地吸了一口氣，沒有再說下去，「怦」地一聲，把門關上，走了。

經過了那一些小事，氣氛自然輕鬆了許多，再加上那塊，真的十分普通，看來只是為了表現玻璃工藝的小玩意，也不值得太引人關心。

所以，在溫寶裕走了之後，我們閒談了幾句，我就單刀直入問古九非：「古先生要來見我，是不是有什麼奇特的目的？」

一問到這一問題，古九非的神情，變得嚴肅起來。

他緩緩轉動酒杯，呷了一口酒，才道：「我早已退出扒手的行業，近二十年來，我一直在馬來西亞的檳城住，做點小生意，我有點積蓄，日子過得極舒服。」

我「嗯」地一聲：「是，檳城是一個退休人士居住的好地方，在那裏閒閒散散地住着，可以做到真正的與世無爭。」

古九非現出微笑，表示對他過去二十年生活的滿意，可是接着，他又面色陰晴不定，我和白素沒有催他，只是看他的手指，在下意識地不住伸、屈、展動，柔軟靈活得出奇，有時眼一個發花，竟有那不是十隻手指，而是長短不一的十條蛇一樣的感覺。那可能是他當幾十年成功扒手的主要條件。

他先現出了一下不好意思的笑容：「我一個人住，有兩個很忠心的僕人，住所又在郊外的海邊上，十分清靜，我的生活也不受人打擾，幾乎不和他人來往，這樣的生活，兩件事最主要，一件是看書——」

他說到這裏，頓了一頓，才又道：「所以我知道了你的許多經歷，也知道尊夫人是白老大的女兒，白老大可還好？大家都老了。」

白素禮貌地回答着。

古九非道：「另一件事，我仍然堅持扒手技巧的訓練，有一間密室，密室內有特製的、懸掛在半空的木頭人，我每天至少要練習四五個小時，以免手指硬了不靈活……說起來很可笑，或許是由於虛榮心，雖然我決定不再當扒手，但仍然要維持自己的本事。」

我發出了一下如同呻吟也似的聲音：「請別分析自己的心理，快說故事吧。」

古九非瞪大了眼：「不是應該用心理描寫來表達故事的文學性嗎？」

我被他逗得哈哈大笑：「文學性？只怕是催眠性吧。」

古九非也笑：「事情相當怪，長話短說不是不可以，總不免漏去了什麼，還是詳細點說的好，對了，我還養雀鳥，養了很多，養雀鳥十分有趣，聯帶雀籠、養雀的用具，也成了專門學問，相互之間觀摩，交換意見，互相炫耀一下自己新得到的珍品，也就樂趣無窮。」

我和白素，都點頭表示明白。

古九非的故事，也應該就從這裏開始——要是他不養雀，他必然不會經常到這個地方來，要是他不來，就不會有那樣的事發生。

地方，是一幅大約四百平方公尺的樹林，林木不是很密，稀疏有致，地上的碧綠青草，樹在栽種時，顯然就曾經過精心的選擇，全是些不但樹形好看，而且都有人伸手可及處的橫枝，以便懸掛鳥籠，而且，大多數樹，都會結一些大小不同的果子，雀籠掛在枝葉繁茂處時，即使雀鳥在籠中，也可以啄食這些果子。

這樹林是一個很大的私人花園的一部分，不遠處是一棟式樣古老的大洋房。大洋房的第一代主人，酷嗜飼養雀鳥，所以栽種了這樣一片林子，供養鳥之用——那自然是多年以前的事，不過不管後代還養不養鳥，祖訓是這一片林子，只要是帶着雀鳥的人，都可以自由進出，不得阻攔。所以，自然而然，成為雀鳥飼養者的聚集處，自早到晚，「尤其是早上」，托着鳥籠前來的人，少說也有一兩百，十分熱鬧。

那一天早上，古九非托着新到手的一隻名貴雀籠，洋洋得意，以為他那隻全用紫檀木的木心，剖成細條製成的雀籠，一定可以成為所有雀友的話題了。可是他一到，就發現林子間，雀籠懸掛的情形如常，可是人聚集的情形，卻十分反常——所有的人，都集中在一棵樹下，圍在外層的人，踮起腳向上，向前看着。

古九非也立時發現，眾人目光，集中在一隻雀籠上，籠裏面，是一隻八哥。

八哥這種鳥，雖然羽毛沒有絢麗的色彩，但是體型俊俏，而且智力相當高，善於模擬各種聲音，甚至人言，所以一直是養鳥界的寵物。

八哥由於體形較大，所以鳥籠，也相應增大，古九非看到那籠裏一隻八哥在跳來跳去，看來並沒有什麼特別，他對這籠、這鳥，也沒有什麼特別的印象，不知道何以吸引了那麼多人注意。

當他托着鳥籠，也向人叢中擠進去的時候，他扒手的本能，使他感到，那是扒手的最佳機會，因為每一個人的注意力，都集中在那八哥身上。

當然，他沒有出手，只是問身邊一個人：「這八哥怎麼啦？有什麼好看？」

那人並不轉過頭來，仍然盯着那八哥，聲音激動得有點發顫：「牠說話，說話。」

古九非「嘿」地一聲：「八哥自然會說話，啞八哥誰會養。」

古九非說話的聲音大了一點，引起了全神貫注的人的注意，有幾個回頭向他看來，神情很是不滿，古九非本來很受人尊敬，忽然之間，吸引力居然及不上一隻八哥，那自然令他十分生氣，他正想再發作幾句，籠中的那隻八哥忽然說起話來。

八哥或鸚鵡，能訓練到會說話的例子很多，甚至有可以說得十分清楚，也可以說上很多句的，那是這些鳥類，有着模仿各種聲音的能力之故。

可是最近，也有鳥類學家，證明能「說話」的鳥，對於牠自己在「說」些什麼的內容，是知道的。例如，訓練一隻八哥，給牠吃了一種牠愛吃的「麥片蟲」，再叫牠說：「我要麥片蟲」。

不需多久，牠就會說：「我要麥片蟲」。而當牠學會了這句話之後，牠說了，而結果餵牠的不是麥片蟲，牠會拒絕進食，發怒。

這證明牠在說「要麥片蟲」這句話時，完全知道這句話的含義——那和人類學習語言的過程，完全一樣。

那也就是說，如果這種鳥的腦部，有足夠儲存記憶的系統，那麼，這種鳥就完全可以應用人類的語言——理論上來說，是這樣的，雖然事實上，並沒有什麼人成功訓練出一隻能熟練地使用人類語言的鳥隻來。

在能「說話」的鳥類中，鸚鵡類發聲比較低沉，八哥的聲音，高亢嘹亮。

對了，說了許多，事接上文——古九非正待發作幾句時，籠中的那隻八哥，忽然用八哥慣常發出的高亢的聲音（聽來像在大聲叫）說起話來，說的是：「古翁，你來遲了，好一隻檀木籠子。」

剎那之間，古九非簡直不相信自己的耳朵。

八哥，可以訓練到了一見到他就叫「古翁」，那十分容易，也可以訓練到說「你來遲了」，可是他手上所托的那隻檀木鳥籠，不是真正識貨的人，養了幾十年鳥，也未必認得出來，若說是一隻八哥，一看就可以認出來，那簡直絕無可能。不但古九非發怔，其餘人也一起發怔，所有人發怔間，那八哥又道：「過來點，走近點。」

在古九非前面的人，自然而然，讓開一條路來，古九非也自然而然向前走去，直來到了那八哥之前，這時，檀木籠中的一隻黃鶯，顯得十分不安，跳來竄去，發出不應該是黃鶯所有的難聽叫聲。

第四部

會說話的八哥

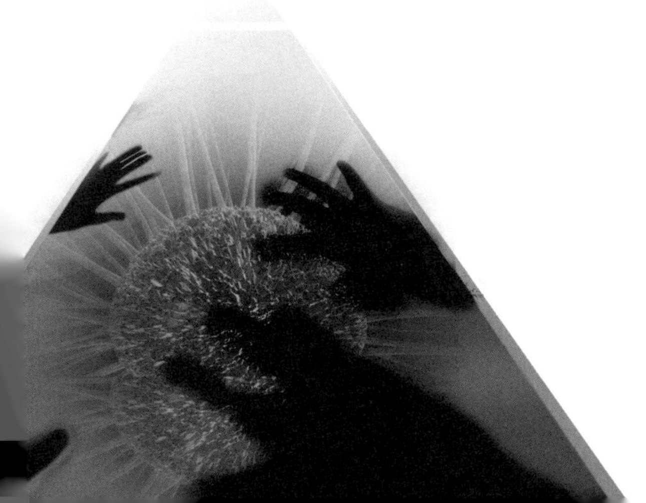

古九非直視着那隻八哥，完全像是盯着一個什麼怪物一樣——可是籠中，實實在在是一隻八哥，古九非所想到的是，妖魔擅長各種變化，自然也可以變成一隻八哥的樣子，所以他不由自主問：「你是——」

八哥撲着翅膀：「古翁，帶回去，和你細說。」

古九非更是詫異之極，當着那麼多人，他不知如何才好，若是四顧無人，那他遇到了這等奇事，不是偷是搶，說什麼也會把這八哥弄上手的。

這時，他不知如何下手，想了一想，才問：「這……八哥是誰養的？」

就在他的身邊，響起了一個宏亮粗壯的聲音：「我養的。」

古九非一看，是一個十分粗壯的漢子，膚色黝黑，但模樣十分良善，古九非忙道：「這可……是一隻奇鳥。」

那漢子點頭：「可不是，奇極了！」

古九非吞了一口口水：「你……肯出讓？」

那漢子搖着頭，神情堅決之極，古九非涼了半截，可是不等他再開口，那漢子已道：「不過，你可以把牠帶回去，看來牠有很多話要對你說。」

古九非一時之間，還不明白是什麼意思，那漢子又補充道：「等你聽完牠的話，再把牠還我，牠是我的好朋友——」

別看那漢子黑大三粗，説話也很有幽默感，添了一句：「朋友不能出賣的，是不是？」

古九非心中疑惑之極，望了望那八哥，又望了望那人，不知如何説才好，那人卻已將八哥籠自樹枝上托了下來，交給古九非：「你帶回去，等牠把話説完，我自然會來找你。」

所有圍在旁邊的人，都嘖嘖稱奇，古九非一生走南闖北，在江湖上打滾，什麼樣的怪事沒有見過，可是一隻八哥竟然這樣通靈，卻也聞所未聞。他提了鳥籠，在眾人艷羡目光中，向外走去，這時那八哥卻不説話，只是不時發出一下十分驚人嘹亮的鳴叫聲。

有不少人跟在古九非後面，議論紛紛，有幾個人挨近古九非搭訕，自然也是養鳥時相識的，一個道：「古翁，你沒來時，這八哥替林老看氣色，竟一眼就看出林老才死了老伴。」

古九非嚇了一跳，林老才死老伴，他們這班人全知道，可是一隻八哥如何會知道？

不單是古九非當時嚇了一跳，我，聽古九非講到這裏，也直跳起來，我不是為了驚怕，而是感到了極度的無稽，我揮着手，叫：「等一等，你說一隻八哥，善觀氣色，會直言談相？」

古九非望着我，看來他一點也沒有開玩笑的意思，用力點了點頭。

我悶哼了一聲：「牠後來又說了什麼？」

古九非還沒有回答，白素就道：「當然又說了許多，只要你有足夠的耐性，就可以知道。」

我又坐了下來，古九非倒有點不好意思：「我本來就說過，我遇到的事……很怪，八哥本來是會說話的，可是也不應該那麼會說話，而且，牠真的能知過去未來之事，我……唉……」

他說着，可能由於緊張，臉色變得很白，又急急喝兩口酒，才緩過一口氣來。

白素的聲音很鎮定：「你還是詳細說。」

古九非苦笑：「當時，我只覺得那八哥怪異莫名，我想到的是，牠是什麼精靈，或者是有什麼精靈……或者靈魂，附在牠的身上，情形和人有鬼上身一樣。」

我「嗯」地一聲：「反正是怪事，什麼都有可能，《聊齋誌異》中，就有人的靈魂出竅，化成雀鳥的故事。」

古九非欲言又止，顯然是那種假設，後來又被推翻了，我也忙作了一個手勢，示意他繼續說下去。

古九非嚇了一跳，盯着籠中的八哥看，八哥也側着頭看他。古九非發現八哥兩隻眼睛的顏色不一樣，他養鳥多年，未曾聽說過八哥也有「陰陽眼」的，可知那八哥真是異種。

這時，他身邊圍了不少人，但是當他踮起腳，再想去尋找那大漢時，卻已不見其蹤影了。

一直到他回到家中，八哥沒有再說什麼，隨便怎麼逗，都只是叫，而且，十分不安定，在籠中撲騰不已，掉了不少羽毛。

為了要使那八哥安靜下來，古九非用了一個黑布套，把籠子套住，八哥果然靜了下來，古九非才一轉身，就聽得籠中，傳來一聲長嘆。

古九非連忙轉身，想去揭開布罩，又聽到那種高亢的聲音（八哥的說話）在說：「以下的話，大是泄漏天機，別讓我見光。」

古九非嚇得出了一身冷汗，不由自主道：「小可不才，如何能得參預天機？」

（他當時真是一字不易這樣講的，雖然我聽他複述時忍不住笑，但別忘記他是一個江湖人，而且是一個老到的江湖人，忽然冒出如同戲台上的對白一樣的話來，也不足為奇。）那八哥又嘆了一聲，這時，古九非伸出去，準備揭開布罩的手，不由自主在發着顫，當然不敢再去揭布套，可是又不知道往哪裏放才好——人只有在十分緊張的時候，才會有這種情形出現。

嘆了一聲後，八哥又道：「你上應天命，不是等閒人物。」

古九非不由自主，挺了挺胸，就算真是小人物，也往往「不敢妄自菲薄」，自大本是人的天性，何況古九非是扒手之王，自然平時就不願小看自己，這時聽了這樣的話，和他平日的心態，合拍之至，很容易接受。

他答應了幾聲，八哥又道：「應天命，行好事，這才是積壽之道。」

古九非七十二歲了，過了七十歲的人，心中再也沒有比「健康長壽」更重要的事了，他一聽之下，連連道：「是，是，不知……」

他不知稱呼那八哥為什麼才好，遲疑了一下，居然給他想出了一個十分尊敬的稱號：「上仙」。

他道：「不知上仙有何吩咐？我……一無所知，只會扒……只會當扒手。」

八哥對於扒竊，相當推崇：「取物件於不知不覺之間，也就有鬼神莫測之妙。」

古九非大是滿意，很有知遇之感，連聲道：「上仙太誇獎了，太誇獎了。」

讀者諸位，一定已經發現，我在記述古九非和八哥之間的對話時，殊乏敬意。是的，因為當他講到這裏時，我已經發現了一個十分重要的關鍵問題，由此肯定，古九非是跌進了一個設計精密的圈套之中，所以令得古九非恭敬的神態，大驚小怪的態度，都變得十分滑稽了。

而我終於在他說到了「上仙太誇獎了」之後，再也忍不住，轟笑聲陡然爆發，笑得站起來又坐下去，笑得捧住了肚子。

古九非開始只是不知所措地望着我，後來我笑得實在太過分，他不免有點惱怒，向白素望去，白素雖然沒有大笑，但是卻是滿面笑容。

古九非更是氣惱：「原來……你們根本不相信……我說的一切。」

我總算止住了笑聲，但需要連連吸氣，以補充剛才因為大笑而失去的氧氣，無法回答古九非的話，白素十分客氣地說：「古大叔，不是不相信你的話。」

古九非指着我，大有責問的神情，我和白素異口同聲：「你上當了。」

古九非抿着唇，神情不服：「說來說去，你們還是不信我的話。」

我緩了一口氣，忽然覺得，如果有人處心積慮令古九非墜入圈套，除了要利用他那超絕的扒竊技巧之外，不可能有別的目的。

我直接地問：「要你做些什麼，才符合積善積壽之道？」

古九非瞪着眼：「要我在某時某地，在某一個人身上，扒走一件東西，再將扒得的東西，拋入大海之中。」

我悶哼一聲：「何時何地，在何人身上，扒何等樣的東西？」

古九非愣了半晌，才緩緩搖着頭：「這是天機，我不能泄露。」

我不禁冒火：「那你來找我作什？」

古九非雙手亂搖：「除了那一點之外，什麼都能說，那實在不能說，因為事情很怪，好像還有後文，冥冥中另有定數，所以我來找你……和你合計合計。」

我揚起了頭不作聲，表示不喜歡和說話吞吞吐吐的人打交道。

白素笑了一下：「古大叔，你和八哥，講了多久？」

古九非想了一想：「大約十來分鐘。」

白素又問：「一直套着布套？」

古九非點頭。

當我縱聲大笑，白素沒有阻止，而且也面現笑容之際，我已經知道，她也想到了那個關鍵性的問題，所以這時她這樣問，我一點也不覺得奇怪。

她又道：「古大叔，你上當了，不是八哥在說話，是那鳥籠，有收音播音的裝置，有人在一定距離之內，可以和你對答。」

古九非斷然拒絕接受白素的分析：「不會，至少有上百個人，見過、聽過八哥講話。」

白素耐心地分析：「人多的場合，利用先入為主的意念，一兩句簡單的，發自籠子的某部分，八哥的嘴又有張合，誰也不會去追究『口形』，容易造成真是八哥在說話的錯覺。」

古九非瞪大了眼，仍然不相信，我反倒覺得他十分可憐：「你只是被人利用了一次，說不上有什麼損失，忘掉就算了。」

白素忙道：「不，剛才不是說，還有下文麼？」

古九非搓着手：「我和八哥說完了話……那大漢就忽然出現在門口，把鳥和籠，一起要了回去……你們真以為那不是天意透過八哥，向我授意？」

我有點吃驚：「天，你究竟做了些什麼？」

古九非忽然又高興起來：「不對，不對，若是有人利用我，一定會叫我把扒到手的東西交給他，怎會叫我僱船出海，拋入海中？」

古九非這個人，扒手天下第一，可是腦筋之笨，只怕也可以天下第一，我真懶得多講——這是對付笨人的最好方法。

白素卻有耐心：「派個人在海中撈東西，太容易了，你的行動，一定在人家的監視之下。」

古九非「咽」地一聲，吞了一口口水。

我道：「現在可以說了吧，何時何地在何人身上扒何等樣東西。」

古九非神情還在猶豫，但在我眼神的催逼下，他終於嘆了一聲。

時間是幾個月前（沒有特別的意思），地點是一個鄰近的首都，用來招待國賓的大堂。

大堂中擠滿了各色人等，自然全是大人物，不然，何足以成為國賓？而今天，這個大堂，就是那個國家的元首，招待國賓的日子，古九非也認不清衣香鬢影，那這麼多體面的人中，何者是國賓，何者是陪客，何者是主人。他只記得八哥的話。

八哥說：「你早幾天到那國家的首都去，開始時，什麼也不必做，最好別讓人家知道你的行蹤，以免誤了大事，延誤天機。」

（一再用「天機」來告誡古九非，可知利用古九非的人，對他下過一番調查研究工夫。古九非除了養雀鳥之外，還十分熱中玄學，算命排斗數，看風水勘天機，都極入迷，所以「八哥的話」，正投他所好，也特別容易使他相信，並且照着去做。）

古九非行動十分秘密，到了那地方，可以說絕沒有人知道他的行蹤，自然，利用他的人，一直在監視着他，因為八哥又說：「到了要行事的那一天，自然會有人來找你。來找你的人，和你一樣，也受命於天，你一切聽他吩咐就是，你們之間聯絡的暗號是：會說話的八哥。」

（古九非說到這裏的時候，我不禁皺了皺眉，深覺利用他的人，一定對心理學擅長之極，對付古九非這種舊式人，就得用老土的方法，「聯絡暗號」云云，真是土至極矣，就差沒有自稱「長江一號」了。）

為了不惹人注意，古九非在一家中級旅館，住了兩天，第二天中午，有人敲門，他隔着門問：「誰？」

他得到的回答是：「會說話的八哥。」

古九非開了門，一個面目陰森的中年人，閃身進來，關上門，望了古九非一眼，就急速地交代任務：「你先記熟這個人的樣子。」

那人取出了一張照片來，古九非一看，就怔了一怔，這個人的樣子何必「記熟」，報上總有，那是一個大人物，世界級的，一個大國的高層領導之一，且是手握實權的，正在這個國家訪問。

在那一剎那間，古九非也覺得事情相當嚴重，但是回心一想，既然事關天機，自然總得在不平凡的人身上發生，自己能參預天機，自然也不平凡之至。這樣一想，他非但不加警惕，反倒有點飄飄然。

那人又道：「明天上午，這人會出現在國賓歡宴上，你要在他身上，得到一樣東西。」

古九非吸了一口氣：「什麼東西，外形如何？」

那人抽動了鼻子幾下：「不知道。」

古九非呆了一呆，要是換了別人，一定認為那人在要他了，可是古九非畢竟是一流扒手，他立時明白：「那就是説，不管他身上有什麼，都一古腦兒扒來。」

那人咧着嘴，用力拍着古九非的肩：「只要你能做得到，就那麼做。」

古九非想了一下：「一般來説，大人物的身上，不會有太多東西，那不成問題，只是那種大人物，很難接近，我怎麼能——」

那人道：「有辦法，你到了，自然有安排。」

那人一陣風也似的捲了出去，古九非曾有過在要人身上扒走東西的經驗，想不到七十之後，還能被「上天」那樣重用，他十分興奮，依言而行。

早上，他到了宴會大堂外，曾和他見那人，看來在大堂工作，把他領到了後面一列房間中，換上了侍應生的制服，叮囑他：「一得手，用最快的方法，把東西交給我。」

古九非「嗯」地一聲：「知道，盡快換柱。」

那人對於古九非的行話，不是很懂，只是悶哼了一聲，古九非也不知道那人的身分，只看到那人穿到和自己類似的衣服。

等了一小時左右，他和其餘幾十個人，被召到了大堂上，那時，國宴還沒有開始，一個官員向所有侍應生訓話，提醒侍應生應該注意的事項。大堂中有幾隊電視攝影隊正在佈置。

古九非慣經世面，況且他一心認定自己「受命於天」，所以一點也不緊張，等到主人進入大堂之後，大批保安人員也散佈在大堂各處，貴賓絡繹來到，等到國賓和陪客都到了，大堂中至少有超過三百個人，古九非像其餘侍者一樣，端着盤子，向賓客送酒遞水之際，他看到他做夢也想不到的奇景，那幾乎令得他忘了自己要幹什麼，而要尖叫起來。

他硬生生將自己的尖叫聲壓了下去，雙眼卻仍然不免瞪得老大。

他是扒手的大行家，扒手得手之後，為了避免贓物留在身上，會被人當場人贓並獲，所以都要以最快的手法，把贓物轉移到同黨的身上去，這就是所謂「換柱」。那本來只是扒手的行為。

這時，古九非隨便一看，眼角一掃過去，就至少看到了三宗，手法極其拙劣，拙劣到簡直難以在江湖上行走的「換柱」。

一個看來十分威武的將軍，在一個婦人手中，接過了一小團東西來，那婦人眼珠亂轉，故意不看將軍，還拙劣地用手帕遮擋了一下。

兩個西服煌然的中年人一面握手，一面交換了手中的東西。

古九非是這方面的大行家，就算「換柱」的手法高明，他也一下子就可以看出來，何況在這裏把東西交來交去的人，手法一點也不高明。

他再也想不到在這樣高尚的場合之中，竟會有這麼多這種行為——看來，在進行這種行為的人，個個都以為自己的動作，十分巧妙，全然沒有人知道，或許，別人真是不知道，但是在古九非銳利的目光下，卻全然無所遁形。

（古九非看到的情形，其實一來是由於他少見多怪，二來，他可以看穿每一宗行動，也自然不免令人吃驚。）

（各國特務交換、出賣、買入情報，很多情形下，就是利用大規模的社交場合進行的，在這種場合中，東德的一個外交參贊，和以色列大使館的三等秘書握手寒暄幾句，誰會注意？但如果這兩個身分特殊的人，約在什麼秘密地方會面，安排得再機密，也總會有被人發現的機會。）

到了主人和主賓分別致辭之後，古九非端着盤子送酒上去，以他的身手，在主賓的身邊，略轉了一轉，便已扒了五六樣東西在手，這時，有一個人上來，和主賓握手，古九非一眼瞥見，主賓竟然把一樣早已握在手裏的東西，「換柱」換到了那人手中時，他呆了一呆，幾乎沒有把一盤子酒都倒翻了。他又下了兩次手，把主賓身上的零星物件，全都扒了，再在人叢中去找那個曾和主賓打交道的人時，卻找不到。

這時，古九非的心中，就有點嘀咕，他在想：會不會主要的東西，已被轉移了？還是盡量把那人找到，把東西弄回來的好——由於主賓在交東西時手法很快，是全場最俐落的了，如果他不做大官，加人扒手行列，倒也很可以混一口飯吃。所以古九非並未曾看到那是什麼，只知道那東西恰好可以被一個成年人的手握住。

可是他找了二十分鐘，除了又看到不少「換柱」行為（看來，整個國宴，像是一個秘密交易會）之外，沒有找到那個人。而他也把扒自主賓身上的東西，裝進了「乾坤袋」之中。

所謂乾坤袋，是扒手專用，一種用特殊材料製成，有彈性的袋子，封口之後，可以防水防火，以便在緊急時期，棄贓不用，就算扔在水裏，事後還可以找回來，不至令贓物有所損失。

那和他接頭的人，這時來到了他的身邊，古九非點了點頭，那人帶着他去換衣服、離開，囑咐他把東西，拋進海中去。

古九非一一依言而行，回到家中，十分心安理得，雖然他一點不明究竟，卻以為自己做了一件大大的好事，「上應天命」，這是一個老人所能做的，最偉大的一件事了。

第二天，他還想再去找那隻八哥，可是那漢子卻並沒有出現。

第五部

一組恐怖電影的劇照

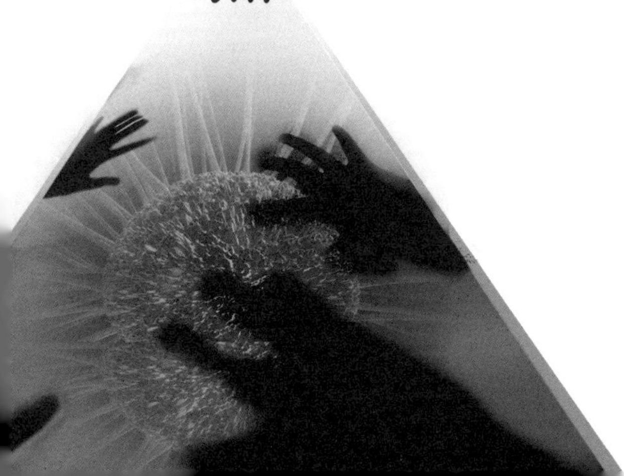

在那片林子裏，古九非一出現，自然立刻成了中心人物，所有人都圍上來，向他詢問，那隻奇異的八哥，向他說了些什麼。

古九非滿臉通紅，興奮莫名，可是翻來覆去，卻只有一句話：「天機不可泄漏，真的，天機不可泄漏啊。」

其實，就算由得他泄漏，他也泄不出什麼，漏不出什麼來，因為他根本不知道發生了什麼事，也不知道自己做了那些事是什麼意思。

在聽了古九非的叙述之後，我和白素呆了半晌。

毫無疑問，幾乎可以肯定的是，古九非糊裏糊塗被拖進了一場特務行動之中。

他所說的那場國宴，在不久前舉行，我有印象，因為在宴會之前的一連串會議，與會的巨頭甚多，關係着東南亞洲的局勢，十分重要，其中甚至牽涉規模相當巨大的戰爭，數以千萬計的人命財產，影響極之深遠。

而古九非就在這種場合，下手扒了主賓身上的一切。

白素先問：「你扒到了一些什麼？」

古九非數着手指，數着他扒到手的物件，都是些很普通的東西。自然，普通東西，也可能有極其驚人的內容，例如，一隻小打火機之中，就可以蘊藏不知多少秘密了。

單從古九非所說的那些東西，自然也設想不出什麼名堂來，我和白素互望了一眼，想法一樣，古九非的遭遇，無非是被人利用了他的扒竊技術，並沒有什麼神秘的成分在內。他自己以為神秘之極，那是因為引他入彀的人，很懂得他這種人的心理之故。

我相當委婉地把我們的分析講述，古九非聽了之後，開始神情十分沮喪，但他可能生性樂觀，所以不必多久，他就行若無事，還大有「先見之明」似地說：「我本來就覺得事情不對勁，可能有什麼詭計，所以一直想找人說一說，問問人家的意見，還有，我多少做了一些保護我自己的事。」

我暗暗好笑，這種話，他分明是在替自己解嘲，因為他在一開始敘述時，還十分以為那八哥真的會說話，他也真的「上應天命」，口口聲聲「天機不可泄漏」，不是我們一再指出那是騙局，他還不肯把整個情形全說出來。

我自然不便拆穿他，可是白素卻十分有興趣：「你採取了什麼行動保護自己？」

古九非咧嘴笑：「還能有什麼？自然是扒了點東西，在那個和我接頭的人身上，就是在宴會中要我假扮侍應的那個。」

白素笑道：「弄到手些什麼？」

白素問得十分有興趣，我則已在暗中，大大地打了一個呵欠。

古九非的扒竊技巧，無疑出神入化之至，可是他的故事，卻沒有什麼吸引力，或許其中有極其驚人的秘密內幕，但我對一切那類活動，都沒有興趣。

（雖然這一類活動，一直莫名其妙地和我發生着關係，逃也逃不掉，躲也躲不開。）

古九非道：「一節小型電池，一看就知道是偽裝的，是一個小圓筒，裏面放了一卷軟片。」

我聽到這裏，也有一點興趣，因為這節外生枝，頗具柳暗花明又一村之妙，一卷軟片，裏面的內容，可能是任何稀奇古怪的東西。

但是在古九非的神情上，卻又找不出什麼特別來，可知軟片上不會有什麼怪異的事。

古九非道：「我沖洗成照片，一共有九十六張之多，不過大同小異，全是恐怖電影的鏡頭。」

我有點聽不明白：「什麼意思？」

古九非向我望來，一面伸手自褲袋中，取出一疊照片來；「你們自己看，看起來，全像是化妝成為鬼怪的一些人，也不知是真人還是假人，那麼多鬼怪，自然只有拍恐怖電影才用得到。」

我一伸手，自他手中接過那疊照片來，只看了第一張一眼，我就陡然打了一個突，白素只是向我手中望了一眼，也不由自主，發出一下低呼聲來。

照片的面積，比普通明信片小一半，彩色，拍得十分清晰，可以看得出，不但用來攝影的器材十分完善，而且，也是專業攝影師的傑作，色彩鮮明之極，所以，單看相片也可以令人有恐怖的震撼感。

第一張照片上，顯然是一個人頭部的左側和右側，那人的左側，十分正常，看得出是一個年輕人，多半是中東人，深目高鼻，可是他的右側（假定是同一個人，因為兩張照片中，都有同樣的一雙手，放在頭頂上），卻是爛糟糟的一片，血肉模糊之中，腐肉和新肉，互相交疊着，頰上有一個相當深的洞，隱約可以看到牙牀和白骨。

洞口有一種濃稠的，血色的液體，這種液體，還有些直流到了滿是黑色疙粒的下顎。

最可怕的，還是那人的頭皮，一點頭毛也沒有，頭皮凹凸不平，看起來，長着像刺又像肉瘤般的東西，顏色是被剝去了皮膚之後，那種新肉的嫩紅色。

其實，那還不可怕，那人的眼睛，異樣地腫脹、突出，以致看來，像是某種避役一樣的圓錐形，眼珠在最頂端，倒有一大半露在外面，所以可以看到平時人類眼球中見不到的後半部。黏乎乎，沾滿了紅絲，叫人忍不住見了就打冷顫。

這樣醜惡可怖的情形，本來是應該一瞥之下，立刻移開視線去的，可是事實上，愈是令人心頭發悸的可怖情景，愈是一看之下，無法轉移視線，非得忍受那種令人作嘔到極的景象折磨不可。

過了至少有十來秒鐘，我才吁了一口氣，嚥了一口口水：「這……化妝的效果倒不錯，銀幕上，好好的一個人，忽然轉了一個身，現出那麼可怕的一面，保證能嚇得觀眾驚叫。」

白素也盯着那照片看，她沒有發表什麼議論。

古九非一副「吾不欲觀之矣」的神態：「這一張還算好的，下面有的還要難看。這還只是一半，另外一半，我連放在衫袋裏，都會害怕，雖然只是照片，可是照片上的情形太可怕，也影響心理。」

在他說話期間，我又看了三四張照片。得好好定一定神，視線暫時離開那種可怕的畫面，深深吸一口氣，以求壓抑胸腹之中那一股想嘔吐的感覺。

白素也有同樣的行動。我們所看到的，全是人的身體的各種「變異」——很難形容那種情景，只好用「變異」兩個字。看到的是肌膚的各種各樣潰爛、變形、扭曲，甚至有一個，面部的全部血管，都翻出了肌膚之外，像鮮紅的蚯蚓一樣，盤在臉上，由於攝影的精巧，那些血管，像是在蠕蠕動着，絕對叫人可以肯定，裏面有血在奔流。

我和白素在定了定神之後，互望了一眼，交換了一下眼色。

我們的心意相同：沒有什麼大不了的，雖然化妝十分精細——這種電影特技化妝，有十分精妙的技巧，幾乎可以達到任何效果，但是也實在不應該嚇倒我們，我們見過很多更可怕的情景。彩虹和王居風給我們看的有關爭奪黃金的錄影帶，就比這些照片更具震撼力。

（《黃金故事》，血肉橫飛，人的身體在鋼鐵利器之下支離破碎。）

我們繼續看那些照片，好像也漸漸適應了，不像開始時那樣，會不由自主，感到心寒。

看到了最後一張，我和白素都同時吸了一口氣，一句話也說不出來，那張照片，令我們無法說出任何話來。

照片上是一個人——當然是一個人，這個人極瘦極瘦，形容瘦，有「皮包骨頭」這樣的形容詞，但幾乎全是誇張的，再瘦，在皮和骨之間，多少有一點肌肉。但是照片上的這個人，真正是皮包骨頭，一副骷髏骨外，包了一層皮，皮還是太厚。所以骨節的突起和陷入，都清清楚楚地可以看得出來。

照片上的那個人，是男性，有正面和背面，背面的情形更可怕。這個人，竟然連臀部也沒有一點肌肉。

乍一看，簡直就是一副人骨，可是頭上有頭髮，而且，深陷的眼眶中，有眼珠，表示他是活的，他的唇也乾得完全無法令口閉起來，所以焦黃的，不齊的牙齒，也就完全暴露在外。

我首先想到的是：這不可能是特技化妝造成的效果……特技化妝，可以使一個瘦子變胖子，但無法使胖子變瘦子，至多利用陰影的對比，使視線產生錯覺，看來更為瘦削而已。

沒有一種方法可以把人化妝成這樣，除非真有這樣的人，然而，豈可能真有這樣的人？

在皮和骨之間的血管和筋脈，都突出着，癟陷的胸腹之間，甚至可以隱約數出內臟的輪廓，皮膚上有許多暗紅色的潰爛斑點，益增可怖，到了難以形容的地步。

古九非注意到我們的神情古怪，他道：「這當然不是真人，恐怖電影，有時製作許多逼真的模型來拍攝，那些模型，都有電子裝備控制，看來和真人差不多。」

古九非顯然是看到了這樣的照片，受了驚駭之後，想了好久，才想出這樣的解釋來的。

我和白素又互望一眼，古九非的解釋，並非不可接受，但總有點不完滿。

我苦笑了一下：「那是什麼樣的恐怖片？」

我在這樣說了之後，和白素顯然同時想起了那兩卷《張拾來的故事》，所以，兩個人都震動了一下，心中起了同一念頭。

或許，根本不是恐怖電影。

這個念頭，使我們都講不出話來，而且，不由自主，搖了搖頭。

如果不是恐怖電影，那就是真的情形了。

在什麼情形之下，人體會出現那麼可怕的變異？

我壓低了聲音：「大麻瘋？」

白素的聲音也很低沉：「原爆之後的大量輻射？」

我又道：「後天免疫性喪失？」

白素吸了一口氣：「毒氣？」

我們在這片刻之間，各自舉出了兩個有導致出現這種可怕變異的情形，古九非也隱約感到我們在想什麼，他叫了起來：「你們在說什麼？這一切，當然是假的，絕對是假的，不會是真的。」

我和白素不理會他，繼續討論。

我說：「沒有白種人。」

白素道：「全是中亞一帶的人。」

古九非有點氣惱：「化妝成那樣，什麼人種都辨別不出來了。」

我道：「底片呢？」

古九非看到我神色十分嚴肅，也打了一個突：「那不是電影？究竟是什麼？化裝舞會？恐怖蠟像館？」

他一面說，一面又從身邊，摸出了那節「小電池」來，旋開了蓋，倒出了一小卷底片，我接了過來，向白素道：「把相片盡量放大，可以看得更清楚。」

白素側頭想了一想：「我去辦，一個朋友有沖印公司，規模很大，他可以幫忙。」

我輕拍着古九非的肩頭：「那個和你接頭的人，可能是一個地位很重要的人，這底片在他身上，也有可能是一個極度的秘密……你老人家要是不想多惹是非，還是快些回檳城去養鳥吧。」

或許是我的神態十分嚴肅，也許是古九非自己也覺得事態的嚴重，他居然立即答應：「好，唉，已經洗了手的人，偏偏相信了鬼話，真該死，不過能認識你們這些小朋友，倒也是一大樂事。」

他把我和白素，和溫寶裕歸成了一類，都變成了小朋友，這一點，我也不和他爭議什麼，白素已準備出門，古九非自己有車子來，他們一起離去。

當他和白素出門時，我只想到了一點點，感到事情有極度的不尋常之處。可是，多半是由於那些照片給人的震驚太甚，我只是在想，那些照片放大之後，一定更加駭人，不知是不是有勇氣去面對它們？所以，我忽略再深一層去想。

那是我的一個疏忽。白素和我一樣，也犯了同樣的疏忽。唉，我們的疏忽，後來造成了那麼可怕的結果，那實在使我和白素，內疚不已，可是錯已鑄成，再難過也沒有用處了。

這是以後的事，提一提就算了，詳細的情形，以後再說，我實在不願詳說，若是可以忽略過去，我會不再提及，那會使我心裏好過些，人總有點鴕鳥心理的，我自然也不能例外。

白素離去之後，我思緒很亂，先是想到，幸好溫寶裕不在，不然他也會看到那些照片，又想到他已經步入青年，應該也可以看看那種怪異的事情了。

然後，我靜了下來，想整理一下事情的經過。古九非的遭遇，顯然是有人處心積慮，佈了一個局，利用了他的扒竊技巧，去做盜竊情報的勾當，古九非是不是完成了要求？他順手牽羊，弄來的那筒軟片，不知道究竟是什麼名堂？

如果那卷軟片無關緊要，失去的人不會追究，如果重要，那麼，失去的人，立刻就可以想到，那是古九非幹的事，因為古九非正是他們「請」來的，也只有古九非才有這個能力，可以神不知鬼不覺地把東西從人身上弄走。

這樣看來，事情比從阿加酋長身上偷了那隻小盒子，還更加嚴重。

我一想到這裏，不禁直跳了起來，那時，離古九非離開，不過半小時。我立時撥古九非的電話，可是沒有人接聽。

（看，我雖然有疏忽，但還是立即覺到了。）

（不過，我又犯了第二個疏忽，我沒有想到，古九非在離開了我之後，並沒有回他在本市的臨時住所，而是直接就到了機場。）

（等我知道了這一點時，飛機早已飛到了檳城，這個人，行蹤竟然比我還要飄忽。）

（後來，我每次都想：如果他不是見到了我，聽了我的勸，會不會那麼快回去？事情會不會好一點呢？白素說：不會，自從他偷了那卷軟片，一切都已決定了。）

找不到古九非，我又發了一會怔，設想利用古九非的一方，是什麼勢力，目的是什麼，可是也無從假設起，事情亂糟糟地沒有頭緒，可是偏有一種極詭異的，令人不舒服的感覺。

正在這時，電話響，我按下掣，是良辰美景的尖叫聲和溫寶裕的叱責聲：「別吵，電話通了。」

我大聲問：「小寶，什麼事？」

溫寶裕的聲音相當緊張：「看電視，電視有特別報告，關於阿加酋長的。」

我呆了一呆，找到電視遙控，按下了掣，小寶的聲音繼續傳來：「阿加酋長在機場吵鬧，不肯離去，天，莫不是為了他失去了那小盒子？」

這時，電視已有畫面，報道員在機場大堂，神色緊張：「來自中東的一個阿拉伯部族的酋長，預定五小時之前離開本市，可是在臨登機之前，他向機場警方投訴，不見了極重要的物事，懷疑是在機場範圍內遭到了扒竊，當時要求封鎖整個機場範圍，進行搜查，他的要求，遭到了機場警方的拒絕。」

溫寶裕在電話中悶哼一聲：「哼，他以為這裏是他的領地。」

我吸了一口氣：「小寶，闖禍了。」

溫寶裕的語氣中充滿了挑戰：「你也怕闖禍？」

我嘆了一聲，我不怕闖禍的年紀，只怕已過去了，現在，輪到溫寶裕他們天不怕地不怕，唯恐天下不亂了。但在溫寶裕前，我也不便氣餒：「我和你態度不同，事情惹上身來，決不逃避，但也不會主動去找麻煩。」

溫寶裕為他的行為辯護：「我和古老先生，也不是故意惹禍的。」

我和小寶一面在電話中交談，電視上的特別報告，仍然在進行。

報告員在說：「阿加酋長在要求遭到拒絕之後，曾有些言語和行動，令得警方駐機場人員為難，因此有更高層警方人員出動，而阿加酋長雖然處事失去常規，但他的隨員，還是及時阻止了事態的惡化——」

我聽到良辰美景在齊聲叫：「這報告員，轉彎抹角，在說什麼啊？」

溫寶裕道：「那是外交詞令，你們不懂的。」

可以想像，阿加酋長一定會大吵大鬧，可是他太笨了，那樣做，一點用處也沒有。

報告員在繼續着：「已有和阿加領地有外交來往的中東國家，又和本地有直接聯繫的，出來調停。有鑒於阿加酋長遺失的物件，極其重要，所以本市警方答應傾全力追尋，又據消息稱，近幾日來，本市的扒竊案大增，有迹象顯示，有一批手法異常高明的扒手，正在本市聚集，目的不明。」

溫寶裕「哈哈」一笑：「開世界扒手代表大會，想不到吧。」

報告員四面看看：「本台的公關人員正在和阿加酋長的隨員聯絡，看看是不是可以直接訪問酋長——啊，好極了，酋長肯接受我們的訪問——」

畫面上，看到報告員急急向前走，有一組警員攔阻了一下，放他過去了，不一會，就走到了身形十分偉岸的那位阿加酋長。

溫寶裕在電話中發出了一下低呼聲，他應該吃驚，因為酋長的神情極可怕，他滿面是汗，不斷地用一條絲手帕在抹汗，可是那手帕，早已濕得可以絞出水來。

他的膚色本來相當黝黑，可是這時，卻是一種異樣的慘白，看來怪絕，像是在他的臉上，塗上一層女人化妝用的那種面膜膏一樣。他雙眼睜得極大，看得出，一半是由於憤怒，但另一半是為了驚恐。

我對着電話，失聲道：「要是他為了失物而這樣，那塊玻璃究竟是什麼？」

小寶喃喃地回答：「不知道，不知道。」

真是不可思議，不過是一小塊空心的水晶玻璃，何以能令得阿加酋長變成這樣子？

他又不是沒有見過世面的人，就算一百枚中程導彈莫名其妙失蹤，他也不應該這樣。要是第三次世界大戰爆發，他這個軍火販子更應該高興，怎麼會像是他已經被拋進了地獄一樣？

報告員把擴音器湊近他：「請問……酋長，事情的經過怎樣？」

阿加酋長只怕創下了自有電視訪問以來，從來未有之奇，他手握着擴音器，先「呼嚇呼嚇」大口喘了足有十來秒鐘，才陡地叫了起來：「誰偷走了……誰拿走了我放在這裏的一隻小盒子——」

他一面說，一面掀開上衣來，正如古九非所說，那小盒子，是放在他西裝背心裏面的一隻暗袋之中的，當他掀起背心時，可以看到整件襯衫，都被汗濕透了。

他的英語，出乎意料之外，是十分標準的牛津腔，這多少改善了一些他氣急敗壞的形象。

他索性把擴音器搶了過來：「這小盒子對別人一點用也沒有，裏面……只不過是一塊玻璃，可是卻……是我私人極具紀念性的物品。不論這盒子現在在誰手裏，請還給我，我出三十萬美元的酬勞。」

我不由自主嘆了一聲：「出手太高了。」

溫寶裕道：「是啊，這證明那塊玻璃本身的價值，可能超過十倍，一百倍。」

阿加酋長又補充着：「還可以給更多。」

第六部

人類的自殺行為

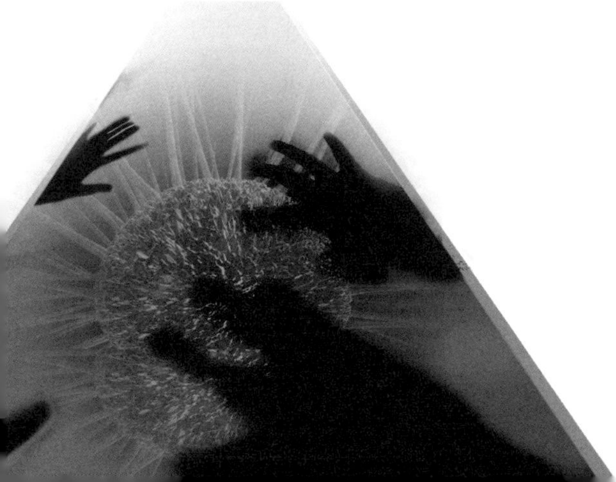

報告員湊過頭來，大聲道：「有那麼高的酬金，一定可以物歸原主的。」

阿加酋長又道：「而且，我本人保證對交還小盒子的人，決不追究，不進行任何追究。我還要十分鄭重地宣布，這塊玻璃，經過……施咒，若不是按照咒語的意願而擁有它，會遭到極大的災禍。真神阿拉在上，我絕不是在作虛言恫嚇。」

良辰美景有吃驚的叫聲傳出，溫寶裕「哼」地一聲：「騙鬼。」

我忙道：「別輕視咒語或是巫術的力量。」

阿加酋長又把他剛才所說的話，重複一遍，再加了一句：「用任何方式送回來，或通知我們到取，都可以，決不食言，我已經準備好酬金，任何人能提供消息的，也可以得酬金。」

他說着，有一個隨員模樣的人，已打開了一隻手提箱，箱中是滿滿的美鈔，周圍的人，也發出了驚歎聲來。報告員又重複着酋長的話。

我問溫寶裕：「發一筆小財？」

溫寶裕口氣大得冒泡：「這些小錢，誰稀罕，再加十倍，我也不缺。」

他正說着，電視畫面上，忽然出現了一個金髮美女，正想接近酋長，和隨從人員在理論，溫寶裕發出了「啊」地一聲：「這女人是扒手代表之一，好像從芬蘭來的。」

我立時啊哈一聲：「小寶，大事不好，要拆穿西洋鏡。」

溫寶裕顯然也感到事態的嚴重，在電話中，聽到了他一下吸氣聲。

電視上，那金髮美女擠到了酋長的身前，用並不純正的英語叫：「我知道誰偷走了你的東西。世界上只有他一個人，能在人身上那麼秘密的口袋裏把東西扒走。」

溫寶裕聽了，在電話中居然罵了一句十分粗俗的話，被我呼喝了一聲，而電視上出現的情形，更是緊張之極，只見阿加酋長一伸手，毛茸茸的大手，便已抓住了那個金髮美女的手腕，想是握得極緊，那美女有吃驚的神情，可是也不忘受寵若驚地飛媚眼。

酋長氣急敗壞地問：「誰？誰？」

那美女道：「一個中國老人，他的樣子很普通——」

電視畫面，在這時候，起了劇烈的變化，顯然是酋長在過河拆橋，他剛才通過電視，發出請把失物送回來的呼籲，可是這時，事情稍為有了點眉目，他又想保守秘密了。必然是有人在推攝影人員，是以畫面晃動得厲害，不一會，報告員又出現，神情悻然：「訪問結束了，謝謝各位收看。」

電視特別報告結束，我呆住了作聲不得，溫寶裕也在喘氣，過了一會，他先問我：「怎麼辦？」

我想了一想：「事情很麻煩，很快就可以查到古九非的身上。要是酋長和他的助手記性好，只怕事情也很快會查到你的身上。」

溫寶裕還在口硬：「我倒不怕……至多，鬧不過他們，把東西還出來就是。」

我悶哼一聲，感到白素的預感，那東西會惹禍，很有點道理，所以我道：「我提議你用不露面的方法，把那東西交還給阿加酋長，那麼，古九非和你，都不會再有麻煩。」

溫寶裕猶豫了一下，我知道，要他一下子就答應，比較困難。因為阿加酋長焦急成那樣，可知那塊玻璃，一定有極奇特之處，溫寶裕的好奇心何等強烈，怎肯捨棄？

再說，把東西交還，也意味着一種「投降」，年輕人大都不肯（我自己，若是仍然年輕，也決不肯，不然，也不會闖下那麼多彌天大禍了），所以我在他考慮期間，又道：「阿加酋長的惡勢力甚大——」

溫寶裕十分委屈：「真失望，想不到你也會怕惡勢力。」

我嘆了一聲：「首先，事情是古九非的扒竊行為開始的，酋長好端端地，並沒有惹你們什麼，其次，古九非已經退休了，何必替他惹麻煩？」

溫寶裕嘆了一聲：「好吧——我的行動，可能埋葬了一個天大的秘密，永不為人所知。」

我見他答應了，十分高興：「要不要我提供你一個方法，把東西交出去？」

溫寶裕拒絕：「那我會。」

我也想，這是簡單之極的事，溫寶裕勝任有餘，自然也沒有異議。

可是世事往往如此，在一些看來微不足道小事上的疏忽，陰差陽錯，會生出許多當初絕對意料不到的變化來。

我和溫寶裕的對話結束，我也不住地在想：那塊鋁化玻璃究竟有什麼了不起，何以一失了它，阿加酋長看來就像是面臨末日一樣？

秘密一定有，要有的話，秘密應該藏在玻璃中間那個小小的空心部分，可是那一部分，卻又分明一眼就可以看得清清楚楚，什麼都沒有。

是不是我應該設法和阿加酋長見一下面？我起了一下這個念頭，但一想，我既然建議溫寶裕把東西送回去，以求息事寧人，似乎也不必再節外生枝了。

當我想到這一點時，自己也對自己相當不滿，所以心情不是很愉快，悶哼了一聲。沒有多久，白素回來，說是三小時之內，就可以有放大照片，我向她說了阿加酋長失去了那東西之後的焦急神情，白素皺着眉不出聲，好一會，才道：「把東西送回去是對的。」

我苦笑：「可是，那東西究竟是什麼，沒有機會知道了。能令得酋長這樣的人物，宛若末日來臨的東西，其實真應該好好研究一下。」

白素仍皺着眉：「連設想也無從設想，根本只是一塊玻璃，什麼也沒有。」

我一揮手：「倒也不是無法設想，玻璃由於成分的差異，有着不同的折射率，如果那是一組光控制儀器啟動裝置的『鑰匙』，就可以聯想到它的重要性。」

白素「嗯」了一聲，又想了片刻：「你的意思是，用一組光線，通過這塊玻璃，得到獨特的折射角，用以啟動一組儀器之用？」

我點頭：「是，也可以用來開啟一座保險箱，一座電腦，用來發射火箭，作種種啟動的用途，那是一柄獨一無二，失去了之後，再也無法仿製的鑰匙，一定事關重大，所以酋長才會氣急敗壞。」

白素眉心舒展：「很合理的推測，不過，沒有法子證實，小寶在交出去之前，一定會把這塊玻璃的一切特性都記錄下來，不妨問問他折射率有什麼特別之處。」

我拿起電話來，不一會，聽到了溫寶裕的聲音，他一聽到是我，就叫：

「良辰美景五分鐘之前出發，把東西放到她們認為有趣的地方，然後，通知酋長去取。」

他們年紀輕，想出來的辦法，有時十分古靈精怪，我也不去理會他們，我只是問：「你一定對那塊玻璃進行了不少檢查，它的折光率怎樣？」

溫寶裕一聽，怪叫了起來：「你為什麼別的都不問，單問這一點？」

我笑：「告訴我，有什麼古怪？」

溫寶裕道：「是有點古怪，低極了，AP的數值小，BQ的數值大，它的折射角，竟達到七十六度。那是一塊特殊配方的玻璃，而且我懷疑，那個小小的中心部分，可能有某種氣體，影響着折射率。」

（AP、BQ都是物理學上計算折射率的專門名詞，和故事無關，明白這一點就可以，真欲知其詳，可以參考物理教科書的光學部分。）

我沉吟未答，溫寶裕在七秒鐘之內，連問了七次：「你想到了什麼？」

我把剛才的設想，說了出來，溫寶裕顯然立即同意了我的想法，大叫起來：「對啊，那是開啟一座寶庫的關鍵。難怪他肯出那麼高的賞格，唉，白白還給他，真是便宜了他。」

我笑：「只不過是設想，也不一定是這樣。」

溫寶裕又問：「據你所知，真有這樣的裝置？」

我道：「沒有實例，可是理論上可以成立——既然有光控的啟動裝置，自然也可以利用特殊的折射角，折射角的作用，就等於是密碼鎖的密碼一樣。」

溫寶裕發出了一連串的「嘖嘖」聲：「那麼，這鑰匙是獨一無二的了？」

我道：「只怕是，同樣的成分，再造一塊，只要有極微小的不同，也就會使折射角出現輕微的差異。」

溫寶裕吁了一口氣：「這也真冒險，玻璃易碎，也有可能失去，一旦沒有了這塊玻璃，不知要遭到什麼樣的大損失。」

我笑了起來：「你想，若非事關緊要，酋長會那樣出入地獄嗎？說不定，沒有了這塊玻璃，他就有一座軍火庫，再也打不開。」

溫寶裕叫了起來：「軍火庫的設想更妙——正因為是軍火庫，所以他無法用爆炸的方法打開門，一爆炸，轟，整個軍火庫都完了。」

他說得有聲有色，煞有介事，我道：「古九非略顯身手，惡酋長氣急敗壞，這一回，也到此結束了。」

當時，我確然如此想，因為溫寶裕把那玻璃交了出去，而我又有了可以成立的推測。

至於推測中的軍火庫裏，有着什麼新型殺人武器，自然不在我所能顧及的範圍之內了，人類那麼喜歡自相殘殺，有什麼辦法？

我把感覺向白素說，又大大發了一頓牢騷：「戰爭，也不能只是怪領導戰爭的人，所有戰爭的參與者，都有責任。若不是士兵只知服從命令，兩個將軍如何打得成仗？人性的弱點太多，才形成如今人類的行為模式。」

白素很有耐心地聽，並不表示什麼意見。

沒有多久，門鈴響，我開門，一個青年人，神色慘白，十分驚恐，提着一隻極大的文件夾；「我……送放大了的照片來。」

他說了一句話，倒喘了三口氣：「這些照片，看來……真駭人。」

我自他手中接過文件夾來，同意他的見解：「是的，恐怖片的劇照。」青年人咋舌：「真有這樣的恐怖片，誰敢看？」

他說着離去，這時天色已黑，想起要看那麼可怕的照片，我也有點心寒，着亮了客廳中所有的燈，自然而言，和白素緊靠在一起，才打開文件夾來。照片被放大到了四十五公分乘六十三公分，看了四、五張，我已不斷地打嗝，打得實在太兇，去拿了兩塊方糖，在口中嚼着，止住了嗝，胸腹之間，五臟六腑，又似乎在翻滾。

白素的神色也極難看，好不容易看完，我們各喝了一口酒，我道：「素，正視現實，這不是劇照，那種可怖的情形，也不是特技化妝的效果。」

白素默然點頭，對我的話，表示同意。

我已合上文件夾——看了一遍之後，再也不想向這些照片多看一眼：「這卷軟片，來自一個高級特工人員的身邊，你聯想到什麼？」

白素道：「有好幾個可能，可能是一座醫院中病人的實錄——不過好像不會是醫院，會有那麼多變了形的人。也可能是一種什麼行動的結果。」

白素說得相當委婉：「一種什麼行動的結果」，我完全明白她的意思，大是駭然：「是一種試驗的結果？譬如說，叫人的皮膚肌肉，由於某種細菌的侵入而形成嚴重的變形，直至死亡？」

白素「嗯」地一聲：「如果是利用了某種細菌，那麼這種細菌對人體的破壞力，一定前所未有，遠在麻瘋桿菌之上。」

我苦笑：「而且，變形幾乎沒有規則，什麼想不出的可怕情形都有，那個……瘦子……要是真面對那樣的人，唉，難以想像——」

我說到這裏，看到白素的神情愈來愈嚴肅，我不禁直跳了起來：「你……不會在設想……有人製造出這樣的細菌……而且已經到了用人做實驗的階段？」

對那麼可怕的設想，白素只是嘆了一聲：「並非沒有可能。」

我又機伶伶地打了一個寒顫，用活人做實驗，使某些細菌向人肆虐，目的是為了製造細菌武器，這種滅絕人性的事，的確曾經發生過。日本軍隊侵略中國時，就曾在中國的東北，犯過這樣的罪行。

現在，如果又有這種罪惡，那麼是由哪一個勢力在進行？還是各方面的勢力都在進行，而又努力保守着秘密？如果真是那樣，那麼這種行為，是典型的人類自殺行為，比大量製造、儲存武器還要可怕。

我望向白素，白素苦笑：「除此之外，還能有什麼假設？在什麼情形下，會出現麼可怕的情形？」

我道：「輻射也能造成肌膚異樣的潰爛和變形。」

白素點頭：「總之，是人為的災禍——有這種人為的災禍存在，只是我們不知道發生的地點、日期，和它有多大的規模。」

我揚了揚眉，想說什麼，而沒有說出來，白素顯然也有話要說，也沒有說，但過了一會，我們又同時說了出來，白素先說：「我們的力量，或許不足以調查，制止這種人為的災禍，但至少應該通知有關方面，最好是我們相熟的人，告訴他們，有這種情況。」

我嘆氣：「你是說找我們熟的，有權力的人？像小納、像蓋雷夫人？我看沒有用，極可能，正在從事那種行為的，就是他們。」

白素睜大了眼——她在有這種神態的時候，十分美麗，可是也掩不住她內心的焦慮。真有這種情形，我雖然被號稱神通廣大，但也不見得有什麼辦法。

當天接下來的時間，我們都沒有再看那些照片，而且我還把那文件夾，放到了一個隱蔽的所在，塞進了書架背後的隙縫，表示我不願再看到它。

廣播新聞中也有有關酋長的消息，電視上也重播了訪問，白素和我一起看着，報告員的最新報道是：「阿加酋長已決定離開本市，他的私人飛機，在五分鐘之前起飛離開。」

電視畫面上，是一架漆有新月標誌，和酋長本人徽記的廣體七四七起飛的情形。

白素低聲說了一句：「他自然得回了那玻璃了？」

我也道：「當然。」

阿加酋長得回了那塊玻璃，然後離去，這種推斷，再自然不過，也不可能出現什麼差錯。

可是，很多事，往往在不可能有錯的情形下出錯，大約二十分鐘之後，有緊急煞車聲在我住所的門口發出，尖利刺耳。

我有點惱怒：「良辰美景再這樣開車，遲早有一天，會撞破門，直衝進來。」

白素打開門，良辰美景、胡說、小寶，一擁而入，他們進來之後，小寶所做的第一件事，就出乎我的意料之外：他一伸手，就把那隻小盒子放在几上，然後打開，那塊玻璃，赫然在盒。

我看了看玻璃，又抬頭直視溫寶裕，等着他的解釋，溫寶裕卻望向良辰美景。兩個少女美麗的臉龐上，滿是委屈的神情，一人一句，有時一人半句，說出了原委。

原來她們來到機場，把那小盒子，放在一具公用電話亭頂上的角落處，不容易發現，但伸手去摸，一定可以摸得到。然後，就用公共電話，通知了機場警局，告訴他們，酋長要的小盒子在什麼地方。

良辰聽到接電話的警官在說：「第一百六十個人來報告說小盒子在哪裏，看起來，想領花紅的人真不少。」

這話，多半是警官在對同事說的，接着，警官又問良辰：「小女孩，你幾歲了？」

良辰十分生氣：「我報告的是真的。」

警官大聲回答：「知道了。」

她們認為立刻會有人來取那小盒子，又怕被不相干的人取走，所以在附近監視着。可是一直等到酋長決定離去，也沒有人來取這小盒子。

溫寶裕氣憤地說：「他們根本不相信。」

我和白素不禁相視苦笑，會有這種情形出現，那真是始料未及。不能說他們採取的方法不對，但是警方收到的報告太多，酋長也無法去每一個報告處看看，只好全然置之不理，也在情理之中。

胡說道：「又不知道酋長的地址，不然，倒可以寄給他。」

溫寶裕道：「我看，只要寫上『阿加酋長領地』，阿加酋長收，他就可以收得到？」

他這樣說，更證明他並不是有意不歸還那玻璃的，我想了想：「他應該有代理人在本市，可以聯絡一下，東西如果重要，郵寄不是好辦法，不如直接交還給他。」

各人都同意，電視上又有了報告：「據悉，憤然離開的阿加酋長，強烈譴責本市治安，也責備本市沒有道德。而他的賞格仍然有效，可以向任何阿拉伯國家的領事館聯絡。」

溫寶裕「啊哈」一聲：「這次，我親自出馬。」

他分明有責怪良辰美景辦事不力的意思，兩個少女有苦說不出，神情氣惱。電視報告又說：「據悉，阿加酋長下一站，將飛往馬來西亞的檳城。」

我和白素一起叫起來：「他去找古九非。」

我補充一句：「要立即通知古九非，暫時避開一下。」

講了這句話這後，我不禁苦笑，和古九非相晤了那麼久，只知道他住在檳城，可是一不知地址，二不知電話，怎麼和他聯絡。就算立時駕飛機趕去，酋長的座駕機早已起飛，只怕也追不到了。

我急得連連搓手，各人也莫不面面相覷，溫寶裕上唇掀動，看來是說了四個字，但是並沒有發出聲來。我和白素都是唇語專家，一看就知道他想說的四個字是：「飛鴿傳書」。但白然是因為想到，鴿子飛得再快，也快不過噴射機，所以才不敢說出來。

白素神情鎮定：「我去想辦法，找一個在檳城的熟人，請他去通知古九非。」

我苦笑：「我沒有熟人在那邊，你有？」

白素側着頭，想了一會：「得去翻查陳年電話本子才行，應該有的，好像有一個什麼幫會的幫主，早已退休了，就住在那裏——」

她說着，走了出去，溫寶裕大發議論：「女人最靠不住，要不是那個芬蘭女扒手出賣了古九非，酋長不會去找他，哼，要是那玻璃早給回酋長，他也不會去找古九非。」

良辰美景想反駁幾句，可是又不知如何說才好。我用眼色制止溫寶裕再說下去，又把話題扯開：「現代的通訊系統真是完善，只要知道對方的一個號碼，就可以在一分鐘內，交換信息，比任何交通工具快。」

良辰美景始終悶悶不樂，我也知道她們不快樂的原因，因為古九非若出了什麼事，她們就會自責，沒有把事情辦好——她們到機場的時候，酋長還在，以她們的身手，大可遠遠地把小盒子拋過去，立即離開，不必玩什麼電話遊戲。

可是看了她們如今那種神情，倒真不忍心再去責備她們。

不到十分鐘，白素走回來：「行了，那位秦先生，知道古九非，會去通知他，他說，駕車去，十分鐘就到了。」

我們都鬆了一口氣，良辰美景，一邊一個，來到了白素的身邊，親親熱熱道：「還是白姐姐有辦法，剛才有人發表議論，說女人最靠不住。」

溫寶裕立時漲紅了臉，他當然不會說白素靠不住，可是那句話，恰好又是他說的，賴也賴不掉，是以不知如何才好。

白素卻只是淡然一笑：「算來，古九非也只是才回家，我要他和我們聯絡一下，至少，關於那批——」

她講到這裏，我輕咳了一聲，她也立即改口：「關於那批扒手，不能再讓他們逗留在本市。」

第七部

古九非「死得難看」

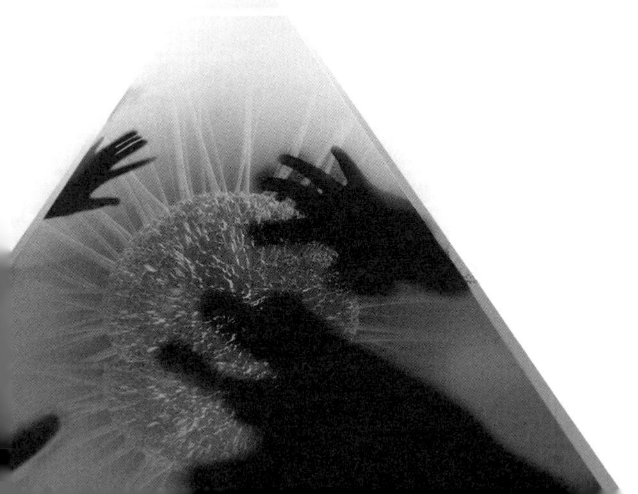

白素本來，自然想說「那批照片」的，被我一暗示，她立即改口，自然之至，可是眼前這四個小鬼頭，何等機靈，也立時覺出有事情瞞着他們，四個人交換了一下眼色，我先發制人：「能讓你們知道的事，不必問，不能讓你們知道的，問也沒用。」

溫寶裕一笑：「誰說要問什麼了？我決定到檳城去！」

我怔了一怔：「去把那玻璃交還給阿加酋長？」

溫寶裕點頭：「是，他能去找古九非，一定會記得我曾和古九非在一起，與其讓他來找我，不如我去找他，反正他的目的是要得回那塊玻璃。」

良辰美景齊聲支持：「是啊，說不定，還可以和酋長不打不成相識，知道那玻璃，究竟有什麼秘密。」

我「哦哦」兩聲，斜睨着她們：「你們自然也要一起去了？」

胡說搖頭：「可惜我沒有假期，人在江湖，身不由己，小寶倒是自由的。」

溫寶裕得意洋洋：「自由真可愛，可以說走就走，愛到哪裏就到哪裏。」

我和白素互望了一眼，都覺得溫寶裕就這樣去找酋長，十分不妥，可是卻也想不出阻止的理由，溫寶裕趁機問：「有我們不能去的理由嗎——嗯，若有什麼秘密，應該共享的，此際公布正合適。」

我悶哼一聲，不去理他，只是道：「祝你順風。」

溫寶裕把小盒子的蓋合上，在手中拋了幾下：「至少，酋長給的花紅，可以供我們旅途所需了。而且，還可以請朋友一起去。」

我又悶哼了一聲：「我沒有興趣。」

溫寶裕看來還想撮弄我和他一起去，而就在這時，電話響了起來，我拿起電話，聽了一下，就交給了白素，白素只聽了一句，就神色一變，按下了一個掣，使大家都可以聽到電話中傳來的聲音。

那邊是一個聽來相當蒼老的聲音：「古九非的家裏出了事，我趕去的時候，已經有許多警察在，他被殺害了，據說現場十分可怖。」

我「啊」地一聲，溫寶裕立時向良辰美景瞪眼，良辰美景不甘示弱，壓低聲音：「阿加酋長還在飛機上，兇手不會是他。」

溫寶裕道：「可以是他派去的人。」

我聽到古九非遇害，心中十分難過，隱隱感到，那是由於我的疏忽，聽得他們還在爭論不休，更是煩躁，大喝一聲：「別吵！」

電話那邊正在報告事態的人倒吃了一驚，問：「什麼事？」

白素忙道：「沒什麼，聽到了壞消息吃驚，你沒見到……屍體？」

那聲音道：「沒有，有一個警官說，屋中被抄得天翻地覆，而古九非……說是死得很……難看。」

我們自然都可以想像得出「死得很難看」的意思，一時之間，人人臉色蒼白，溫寶格更是緊握着拳頭。

白素在要求：「你可多探聽點消息──」

我道：「不必了，我這就去。」

白素向我瞪了一眼：「你去有什麼用？當地警方的調查，你能插手？」

電話那頭道：「警方像是十分重視，派了好多人，封鎖屋子，不讓人接近，還有好多高級警官，甚至有軍方人員在內。」

白素道：「謝謝你，如果有進一步消息，請你再和我們聯絡。」

白素放下電話，神色凝重，我苦笑：「我們既然知道他被利用，參與了間諜情報的竊取，就應該知道他必然會有危險。」

古九非被利用的經過，溫寶裕他們，還不知道，所以聽得只是眨眼。我又嘆了一聲：「我看，他主要的死因是被人滅口。」

白素側着頭：「如果他的住所，曾遭到徹底破壞，他又在死前受過虐待，那就不單是滅口——」

溫寶裕雖然吃驚、悲憤，但不論他處於什麼樣的情緒之中，要他有意見不發表，還是萬萬不能，所以他立時用聽來比平時乾啞許多的聲音說：「兇徒想在他口中套出什麼話，或是想找什麼東西。」

良辰美景齊聲叫：「酋長根本還在飛機上。」

她們一再強調酋長還在飛機上，是因為她們歸還玻璃不成，要是酋長為了追回玻璃而下毒手，她們多少要負一些責任。

我道：「不會是酋長下手，我看……是那卷軟片。」

四個人齊聲問：「什麼軟片？」

我這時，感到一陣軟弱無力，疲倦莫名，伸手在臉上重重撫按了一下：「軟片放大了的相片，在書房的一個書架後面，誰想看，只管去拿。」

白素立時補充：「我的忠告是：最好能克服好奇心，別去看那些照片。」

在這四個人面前，白素的忠告，無疑是火上加油，他們怎肯不看？溫寶裕才跨出一步，兩條紅影一閃，良辰美景早已上了樓，而且，又立即飄然而下，手中已多了那隻大文件夾。

我和白素，都不想再看那批照片，所以不約而同走了開去，同時警告：「不得大呼小叫。」

他們四人，在看那批照片之際，果然沒有大呼小叫，但是吸氣聲之響亮，也聽得人心煩意亂。

白素以手支頤在出神，大約二十分鐘，他們四人看完照片，也至少有七八分鐘了，還是胡説先打破沉寂：「看來，像是一批……可怕的疾病患者。」

溫寶裕道：「可怕極了……那是什麼病？」

胡說道：「很多種病，有的病像大麻瘋，有的病，像後期的癌症。」

我向他們看去，看到良辰美景一副欲哭無淚的神情，摟作一團，胡說和溫寶裕的臉色，自然也不會好看到哪裏。

溫寶裕問：「這批照片……是古九非致死的原因？」

我清了清喉嚨：「推測。」

我把古九非得到批軟片的經過，說了一遍，溫寶裕頓足：「這人，真是！唉，那人自然就是安排圈套的主腦，是一個特務頭子，這批照片——」

溫寶裕的思路和我相當近似，他立時想到了我們的曾想到過的可能：「照片上的人，是某種行為所造成的結果，那絕不能給別人知道，不然，會受到全世界的攻擊。」

胡說也想到了，他又吸了一口氣：「拿活人……來做試驗。」

良辰美景掩着口，眼珠亂轉。

我用力一揮手：「事情雖然可能極可怕，但一批照片，不至於會把你們嚇成這個樣子吧，想想那個木乃伊布包着的人形物體，不見得不恐怖。」

胡說和溫寶裕都苦笑，那件事，已記述在《密碼》這個故事中，那個「人形物體」結果會變成什麼樣，班登醫生是不是還繼續在勒曼醫院中致力培養那怪東西，一直沒有進一步的消息。

這時，我這樣一說，雖然勾起了他們對那「人形物體」的可怖記憶，但的確，比較之下，照片也就不那麼令人噁心了——當然，照片中的那些人，任何一個，如果出現在眼前，那可怕和噁心的程度，和那「人形物體」，也就不遑多讓。

白素最鎮定：「看來是古九非在無意之中，盜走了一個大秘密，所以才招致殺身之禍。」

溫寶裕伸手指向我：「要是被他們知道東西在你這裏的話——」

我冷然：「看過照片的，也要滅口，你不是要到檳城去嗎？正好送上門去。」

溫寶裕口唇掀動，沒有說什麼，顯然沒有剛才想到可以愛上哪兒就上哪兒那麼高興。我望向白素：「相識一場，又只有我們才知道一些他的死因，我倒真的要走一遭，如果酋長恰好也在，由我把那塊玻璃還給他。」

溫寶裕怯生生問：「帶我一起去？」

我大喝：「當然不，免得礙手礙腳。」

喝得溫寶裕縮了縮頭，不敢出聲。

白素皺着眉，正在這時，門鈴聲忽然又大作，我立時向那文件夾望了一眼，良辰美景會意，拿起它來，一溜煙上了樓。

溫寶裕過去開門，我和白素互望一眼——這是我們間的習慣，有人按門鈴，我們會先猜來人是誰，十之七八，都可以猜得到，但這時，卻一點概念也沒有，門打開，我們都怔了一怔。

門外是熟人，但平時絕少來往，他一來，必然有事，其人非別，正是警方特別工作組的黃堂。黃堂一面向我和白素打招呼，一面走了進來，望着我，神情十分為難，我本就心煩，不耐煩得很，嘆了一聲：「有話請說，有屁請放，別吞吞吐吐。」

黃堂作了一個無可奈何的手勢：「我也是受人所託，並不是我自己來求你。馬來西亞檳城警方，想請你去協助調查一件兇殺案。」

黃堂一開口，囉裏囉唣，我幾乎要大喝他住口，可是接着，他竟然說出那樣的話來，我就呆住了。

我當然知道其中必有原因，絕非巧合，我忙道：「請說下去，請說。」

大抵是我的神態，太前倨後恭了，黃堂怔了一怔：「死者是一個身分相當神秘，又很富有的中國人。」

那當然就是古九非，我忙問：「為什麼會找我去調查？」

黃堂攤手：「那邊語焉不詳，好像是在死者的住所，發現了什麼線索，和你有關，所以才想到要你去，一切費用，他們會負責。」

我道：「那是小問題，死者的名字是——」

那是明知故問，但問一問總沒錯，要是弄錯，那是笑話一樁。黃堂道：「叫古九非。」

我立時道：「好，我去。」

黃堂絕未想到他的事會辦得如此順利，一時之間，像看着什麼怪物似地望着我。

我當然不會告訴他是為了什麼，但也不能使他太過懷疑，所以我道：「剛好近來沒有事，而我也想知道究竟因為什麼，檳城的警方會找我。」

黃堂是聰明人，自然知道我說的是托詞，但他絕想不到古九非的死，內容會如此複雜，所以也沒有追問下去的打算，我又道：「我會盡快動身，明天一早。」

黃堂告辭離去，不到半小時，他又來了電話：「檳城警方感謝之極，你一下機，和你聯絡的，會是曾原警官。」

我本來就要到檳城去，而且發愁去了之後，不知如何對古九非的死展開調查，現在有那麼好的機會，總算在極不愉快的遭遇中，使人感到快樂。

溫寶裕還用哀求的眼光望着我，我根本不理他，伸手把那小盒子接了過來，他居然咕噥着抗議：「那是我的，古九非給我的。」

我睬也不去睬他：「小心門窗，別睡得太死，古九非也算是老滑頭了，都會着了道兒。」

我說着，逕自上了樓，在書房裏，把那塊玻璃取出來，翻來覆去看着，看不出什麼名堂來。

這時，我已經感到，古九非被利用，古九非死亡，和古九非在酋長身上偷東西，三者之間，看起來，絕無關聯，但實際上，可能有極密切的關係。但是我只是有這樣的感覺，究竟有什麼關係，我全然說不上來。

而使我有這種感覺的原因，自然是由於事情都發生在古九非的身上，而且，都和古九非超卓的扒竊術有關——古九非一死，扒手這門偷竊藝術，只怕再也出不了像他那種水準的高人了。

白素在不一會之後上來，也察看了那塊玻璃半晌，才道：「我看小寶會自己去。」

我笑：「一定會，他父母不在，他還有不趁機會造反的？檳城是度假好去處，就讓他去去——我不會讓他去參加有危險的事。」

白素想了一想：「古九非死了，事情又牽涉到這樣極度危險的人物，我隱隱感到，有一個世界性的大陰謀，正在暗中進行。」

白素的話，令得我興致勃勃：「我正是揭發陰謀的高手，那是我的看家本領。」

白素扁了扁嘴，我趁機親了她一下，她握住了我的手，沒有再說什麼。

第二天早班機，我上了機，好像感到在我一到機場之後，一直有人跟蹤我，可是以我反跟蹤的能力，竟然未能找出跟蹤者來，到飛機起飛，這種感覺仍然未能消除，而艙中搭客連我只有八個人，那七個人都被我一再過濾，不可能是跟蹤者，而機上的職員，又沒有理由是。所以我只好當作自己感覺過敏。

飛行時間不長，檳城的機場很大，下了機，就有一個身形高大，膚色黝黑，蓄着上髭的青年警官，來到我身前，和我熱烈握手：「衛先生，久仰大名，能見到你，實在太好了，我叫曾原。」

我也不和他多客套，只是道：「我想知道你們找我的原因。」

曾原警官苦笑：「老者在被發現時，奇蹟似的，竟然沒有死，說了一句話：去找衛斯理，他知道誰是兇手，叫他替我報仇。」

我陡地一怔，心中暗暗叫苦。我只知道古九非的死，定然和重大的特務活動有關，可是連利用他的特務，來自何方勢力都不清楚，怎能知兇手是誰？這個人，像是生活在古代，就算我知道了兇手是誰，我也不能「替他報仇」，難道要我把兇手殺掉？

我想了一想，一面仍然和曾原並肩走着：「不很可能吧，發現古九非的是什麼人？」

曾原道：「有人打電話通知警方，說那地方出了事，恰好我和一小組警員正在附近，首先趕到的是我，聽到他那樣說的，也是我，恰好我知道衛先生的大名，所以，我立即在他耳際說：知道了，一定會通知衛斯理，他不知道有沒有聽到這句話。」

我嘆了一聲：「你可以點頭，表示你會那樣做。」

曾原警官望向我，欲語又止，這時，我們已來到一架警車前，他替我拉開了車門，我一面跨進車，一面道：「應該什麼都對我直說。」

他忙道：「不是想隱瞞，而是事實十分殘酷，真難說得出口。」

我悶哼一聲：「我已經知道他死得很難看。」

曾原吸了一口氣：「我點頭也沒有用，他看不見——他兩隻眼睛，都被剜了出來。」

我陡地震動了一下，雖然早想到古九非是被折磨致死的，但是想不到竟然到了這一地步。那真是令人髮指，我覺得頭皮一陣發麻，雙手緊握着拳，令得指節骨發出「格格」的聲響來。

曾原年輕的臉上，也有着異常的激動：「衛先生和他很熟？」

我緩緩搖着頭：「不熟，才認識，他是一個極可愛的人，而且，是一個極出色的人物，應該受到絕對的尊重，他……的樣子……」

曾原嘆了一聲：「我那一組警員，都很有資歷，可是看到他的時候，卻有一半昏了過去，我……老實說，也是雙腿發軟，站不穩，跌倒在他的身邊，這才聽到了他所說的最後一句話的。」

我默言不語，曾原又道：「如果衛先生不想看他的遺體，可以不必看，他反正已經死了。」

我道：「不，我要看——現在到哪裏去？到案發的現場？」

曾原道：「不要先到酒店去？」

我搖頭：「不必了，聽說現場遭到嚴重的破壞。」

曾原嘆了一聲：「是，破壞，至少由五到十個人造成，而對死者的傷害，也至少兩個人，也就是說，參加行事的，多至十人，這是大規模、有組織的犯罪，我們並未向公眾公布真相，怕引起恐慌。而上頭對之重視之極，國際警方對你有極佳的推薦，所以全國警察總監同意你參加此案。」

原來還有那麼多過程，我想，如果是特務組織一定要找回什麼，出動十個八個人，那不算什麼稀奇。曾原又試探着問：「兇徒是哪一方面的人？」

我想了一下：「可能是屬於某一勢力的特務。」

曾原抿着嘴，默然不語，他這種反應，使人覺得相當奇怪，過了片刻，他才道：「難怪軍方立即派出了一個高級情報官來參與——」

他頓了一頓，然後，我和他幾乎異口同聲地問：「軍方怎知兇徒屬於特務組織？」

我心頭疑雲大起——這其中，一定還有極度的曲折在，牽涉的範圍，可能廣到難以想像。

我這樣想的根據是：一般來說，軍方對於兇殺案，決不會有興趣。而古九非死了不多久，就有高級情報軍官出現，這說明軍方知道古九非牽涉在特務行動之中——是怎麼知道的？

這其中，又有什麼內幕，是我們不知道的？

我和曾原互望，他也神情疑惑，我道：「我想，我會有機會見到那位情報官？」

曾原點了點頭，又問：「古九非也是特務？」

我嘆一聲，曾原很坦率，有青年人的熱誠，我又要和他合作，自然要對他說說古九非的遭遇，所以揀重要的，說了一個梗概。

曾原聽到一半，就想說話，可是當我停下來時，他又示意我說下去。等我說完，他才像是下了最大的決心，先吸了一口氣，才道：「衛先生，那次宴會，我也參加了的。」

我用疑惑的神情望向他，他年輕，官階不會很高，照說，沒有資格參加鄰國的國宴，他忙解釋：「家叔是大使，他帶我去見識一下的。」

我「哦」一聲：「你當然沒有發現宴會有什麼異樣之處？」

曾原神情仍然疑惑：「那次國宴的主賓是誰，你是知道的了？」

我點頭——雖然古九非糊裏糊塗，連主賓是誰都不知道，只知把他身上的東西全扒了來，但那次國宴是大新聞，一查資料就可以查得出來：「主賓是一個算是大國的將軍，幾年前才發動軍事政變，奪了政權的。」

曾原點頭：「是，那位斐將軍，在整個宴會中，和一個阿拉伯酋長交談最多，當時我在想，那酋長是著名的軍火販子——」

我打斷他的話頭：「阿加酋長？」

曾原道：「就是他。」

我咕噥了一句：「世界真小。」

曾原當然不知道我這樣說是什麼意思，繼續道：「當時我想，斐將軍難道又想擴充軍備？」

我再問：「還有什麼異常？」

曾原搖頭：「沒有什麼異樣——嗯，對了，曾有一個人，匆匆離去，以警務人員的眼光來看，這個人行迹十分可疑。」

第八部

死過一次的人

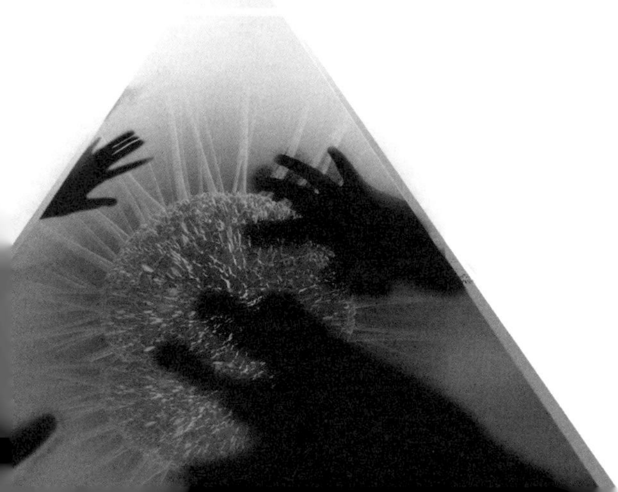

我「啊」地一聲，心想可能那就是古九非看到，斐將軍交了一件東西給他的那個人，後來古九非想找他，而沒有找到。

曾原也「啊」地一聲：「對了，這個人匆匆離去之際，曾經過阿加酋長的身邊，大約有十分之一秒的時間，靠得很近。」

這時，車子駛進了一條曲折的小路，前面林木掩映中，可以看到一棟式樣很舊的房子。我忽然想到：斐將軍（主賓），那個人，阿加酋長之間，可能有聯繫。斐將軍交給那人的東西，由那人轉到了阿加酋長手上。

那東西會是什麼？

我立即想到的是：那小盒子，那塊玻璃。

我一直隱隱感到幾件事之間有聯繫，可是總是串不起來，現在，好像有點眉目了：斐將軍、玻璃、酋長，三者之間，如果真有聯繫的話，那麼，那塊玻璃的重要性，又增加了不知多少。

一想到這點，我不由自主，略挺了挺胸，那小盒子就在我上衣袋中，不必笨到伸手去摸，只要挺胸，就可以感到它的存在。

曾原自然不知道那麼多，他見我忽然不出聲，就望了我一眼，我道：「可能在將軍和酋長之間，有着什麼交易？」

曾原嘆了一聲：「和他們兩人有關的交易，幾乎可以肯定，必然是巨大的災害。」

我苦笑一下，曾原看來年紀雖然輕，但洞察世情的能力，相當強。

車子又轉了一個彎，來到了屋子面前，看來靜悄悄，但是才一下車，我就知道，附近的樹叢中，甚至相隔相當遠的另一棟屋子，都有人在監視，使用的監視裝置，可能還是極先進的那種。

我不以為檳城警方會有那麼先進的監視設備，我指着一個在屋前的一株樹上，一個看來絕不為人注意，但識者眼裏，一看便知道那是微型電視攝像管的裝置，道：「這是警方的設備？」

曾原警官十分坦白：「不是，是軍方情報機構提供的，那情報官提議，全面監視，他以為兇徒還可能再來，不能錯過機會。」

我緩緩搖頭：「那位情報官的判斷錯誤，兇徒不會再來了。」

我的話才一出口，就在我的身邊，忽然響起了一個聽來冰冷的聲音：「有什麼根據？」

那聲音突如其來，把我嚇了一跳，那時我們站在門前，曾原正準備去推門，門旁有兩支八角形的門柱，並沒有人，而聲音就自右邊那條門柱傳出來。乍一聽到聲音，不免突兀，但自然立即明白，那是竊聽裝置和傳音裝備的作用，看來，對屋子監視之嚴密，遠在我的想像之上。

我並沒有立即回答這個問題，曾原這時，也推開了門，門後站着一個高高瘦瘦的人。

這個人，我一看到他，就可以肯定他就是那種發出冰冷的聲音說話的人。他有着石像一樣的冷漠神情，甚至連眼珠也像是沒有生命——應該說沒有感情。這種情報工作者我見過很多，而對於這一類人，我不是很喜歡。

而且，屋中確然還有十分值得我注意之處，所以，我只是冷冷地看了他一眼，就轉移了視線。屋子一進門，本來應該是一個進廳，有一道月洞門，通向客廳，是很精雅的傳統中國式佈置，月洞門兩旁，本來應該有對聯或字畫，可是此際，所有的陳設，全都遭了徹底的破壞——現場被保護得很好，看起來也更怵目驚心，絕沒有一件完整的東西，而且，在破碎的物件上，也決不能判斷原來那東西是什麼樣子的。

我小心向前走，來到了客廳的正中，曾原跟在我身後，那人（我猜他就是軍方的高級情報官）只是轉動身子，並沒有走動，銳利的目光，一直盯着我。

我直到這時，才回答他的問題：「這裏經過專家的徹底搜索，不論他們要找的東西是不是找到，都不會再浪費時間。」

那人悶哼一聲：「專家的搜索手法太原始了吧？」

我道：「是，這也提供了一項線索，他們要找的物件，不是探測儀器所能發現的，必然是非，例如一張紙，一塊布，一截木頭——」

那人接了上去：「一卷底片？」

我笑了一下：「那是最大的可能。」

那人伸出手：「久聞你的大名，衛斯理先生，我的名字是青龍，官銜是中校。專司情報工作——聽説衛先生對從事這種工作的人，不是很有好感。」

我聽他的自我介紹，略怔了一怔，「青龍」這個名字，十分奇特，我依稀有點印象，但是這個人，一定不曾和我有過直接的接觸，不然，他是屬於那種見過一次，再也不容易忘記的人，我一定會記得他。

我再把青龍這個名字想了一想，肯定應該對之有印象，但是一時之間，又想不起來，而看他的神情，顯然有一種我應該一聽他的名字，就想起他是什麼樣人的期待——這是一種十分尷尬的處境，還好他又說了幾句話，可以給我用另外的話，暫且搪塞一下。

我道：「是的，我不喜歡，很久以來，都是那樣。」

青龍中校口角牽動了一下，現出了一個嘲弄也似的微笑：「可是你和其中很多人交往，從很早的納爾遜到小納、蓋雷夫人、G先生、巴圖，甚至蘇聯的老狐狸。」

他竟把我和那一類人的交往，弄得那麼清楚，我淡然笑：「那是由於從事情報工作的人，大都伶俐聰明的緣故，那和我性格比較接近。」

青龍居然笑了一下——他的笑容，有一種異樣的滄桑感，像是他一生的經歷，比別人十生還多：「願意在你交往的名單中加上我嗎？我至少有一點特別，我是的的確確，曾死過一次的人。」

本來，我一面和他說話，一面不斷在想他是什麼人，只是想不起來，直到他說到他「死過一次」，我心中一亮，自然想起他是什麼人來了。

他是一個真正的傳奇人物，神秘莫測，他曾和原振俠醫生，在印支半島有過一次十分奇異的經歷，卻不知他如何會來到這裏的。

自然，我不會去問他的來龍去脈，這類神秘人物，絕不喜歡人家打聽他的事，問了，也不會有回答，只要記住他目前的身分就可以了。

但我也感到了震驚，像他這樣的人，對古九非的死，如此重視，那是出於上級的指令，還是自己的興趣？還有，他名義上是軍方的高級情報官，誰知道他真正的身分是什麼？是在為誰工作？

不過，疑問雖然多，有一點可以肯定，他既然曾與原振俠醫生共事，那麼，一定是極其出色，可以共事的人——至少，在追尋殺害古九非的兇手這件事上，可以和他合作。

我現出愉快的神情，先和他握手，然後才問：「你沒有和原振俠醫生聯絡？」

這樣一問，他自然也知道我已曉得他是什麼人了，他也愉快地一笑：「沒有，大家都忙。」

我等他再繼續自我介紹，可是他卻已轉換了話題：「整棟屋子，全和這裏的情形相同，估計有超過十個人，進行毀滅性的搜索。同時，有人拷問死者，不然，死者不會死得那麼……」

曾原接口：「……難看。」

青龍苦笑：「死者古九非，是一個扒手，技藝極超群的扒手。」

這句話，自青龍的口中講出來，曾原「啊」地一聲，顯然他一無所知，我自然知道古九非是扒手，但對於青龍也知道這身分，不免感到訝異。

青龍搓着手——他的雙手，有過慣原始生活、冒險生活的人的粗糙，以至當他握手時，會發出輕微的「唰唰」聲來。

他道：「最近，有人想利用他高超的扒竊術，去從事偷竊重要情報的活動，他也上了當，這是他致死的主要原因，也是為什麼軍方的情報組織會對一件兇殺案感到興趣的原因。」

青龍的話，十分乾淨俐落，決不拖泥帶水，而他顯然在此之前，未曾對警方透露過這一切，所以聽得曾原目瞪口呆。我雖然早就知道這些，但對他一見我就肯對我說這些，我也十分感激。

我道：「可知利用他的，是屬於哪一方面的勢力？」

青龍的神情，陡然之間，變得十分陰暗，眼角向曾原掃了一下，簡單地回答：「不知道。」

我已完全可以看出，他不是全不知道，而是很有眉目，只不過不願在曾原面前說出來而已。曾原只是一個普通的警官，年紀又輕，我也認為不必要使他捲入那麼可怕的事件之中，所以揚了揚眉：「還得好好追查，才能有頭緒的——」

接着，我向曾原說：「有青龍中校在這屋子監視，我不必再參加了，我想去看看古九非，然後，到酒店休息，你替我訂好什麼酒店？」

曾原說了酒店的名字──這等於是邀請青龍在稍後到這家酒店來見面了。

我和青龍握手道別，肯定他已明白了我的暗示，曾原又陪我到了殮房，當我揭開覆蓋屍體的白布時，曾原早已轉過身去，而我一看之下，整個人也僵硬得一動都不能動，一股怒意，直衝腦門。

我一再被警告過，古九非死得很慘，很難看，可是決想不到會到這一地步，我不打算詳細描寫了，他的屍體如此可怖，一個人在生前，若是遭受虐待到這一地步，那實在可以說是到了頂點。

我算是想像力極豐富的人，但也難以想像古九非如何可以在這樣的酷刑中挺過來。

他死前所遭受的痛苦，可以說是極限。

我雙手緊握着拳，下了決心，要替他報仇。

幹得出這種行為來的人，實在太卑劣，太下流，根本不配生活在地球上。

同時，我也感到古九非情操的偉大，兇徒向他要的是什麼，他自然知道，如果是那卷軟片，或是那塊玻璃，他都可以告訴兇徒東西在哪裏，雖然結果一定是難逃一死，但至少可以受少許多活罪。

而如今，他竟死得如此之慘。

他不說出來，自然是為了保護另外一些人，不受兇徒的侵擾，他所保護的人，可能是我，可能是溫寶裕。

為了保護別人，而自己竟忍受着那樣的虐待！

我呆立了許久，才慢慢地把白布蓋上，可是身子仍然發僵，無法動彈，想講些什麼，可是只是在喉間發出了一陣難聽的「格格」聲。

曾原在我身邊：「他……現在總算安息了。」

我終於發出了一下如同嗥叫一樣的聲音，宣發我心中的哀傷，然後，一言不發，艱難地轉過身，木然向外走去，曾原一直跟着我。到了外面，被暖洋洋的晚風一吹，身上才算漸漸有了知覺。

我惦記着和青龍的約會，向曾原簡單地表示，要到酒店去，曾原默然不作聲，送我到了距離相當遠的，位於海邊，可以清楚聽到海浪聲的一家酒店中，他告辭，我洗了一個澡，電話鈴就響了起來，是青龍：「我有一瓶好酒，在海邊。」

我答應了一聲，向海邊走去，月色不是很明亮，海浪在黑暗之中，形成了一道極長的、耀目的白線，在閃亮的、漆黑深邃的海面上迅速滾向海岸，一股消失了，另一股又接踵而至。

青龍躺在一張躺椅上，面向大海，我在他身邊的另一張躺椅上，躺了下來，他遞過了酒和酒杯，那不知道是什麼酒，從酒瓶向杯子中斟的時候，已經有一種極濃烈的香味，酒極烈，可是也很香醇，我喝了一口，覺得四肢百骸，都有一種鬆散的感覺，忍不住又連喝了兩口。

青龍的雙眼，在黑暗之中，閃閃生光，看來十分詭異，一般來說，人的眼睛，很少在黑暗中有這樣的閃光，只有動物的眼睛才是。可能是他在野外的冒險生活太久，所以才有這種情形。

我們先是喝酒，什麼話也不說，等到酒精的作用，使我全身都有了暖意，以至海風吹拂上來，更加舒適時，青龍才說話。

他一開口，語音十分低沉，可以肯定在我們五十公尺的範圍之內沒有別人，可是他還是那樣說話，可知他的心境十分沉重。

他很突兀地問了一句話：「有沒有聽說『主宰會』？」他在問這個問題的時候，把「主宰會」這個詞，用英文、法文、西班牙文、阿拉伯語等等說了又說，意思自然是一樣的，都是「主宰會」。

我躺着一動也沒動，雖然心中有點吃驚，回答的語氣也很平淡：「聽說過。」

所謂「主宰會」，只是一種傳說，或者說，知道的人，像我，只是聽過一些模糊的傳聞，絕沒有證據，也不可能有進一步的了解。

傳聞說，有一個組織，定名為「主宰會」，這個名稱的意思就是：這個會，主宰全人類的命運。人類的命運，地球的命運，就決定在這個會的手上。

這個會由什麼人領導，傳說更是玄之又玄，莫衷一是，也無從追究，而它的會員，據說都是世界各國最具潛勢力的人物，這些人，有的可能是權勢沖天，聲名煊赫，有的可能只在幕後活動，不為人所知，但是卻有舉足輕重的影響力。

這些人，如果作出了一個決定，那這個決定，就可以影響全人類的生活和命運。他們要戰爭，戰爭就會發生，他們要和平，和平就會降臨，他們要經濟不景，蕭條就籠罩全球，他們要繁榮，自然便會欣欣向榮。

所以，這個會，才叫「主宰會」。

有關主宰會的傳聞，幾乎在第一次世界大戰之前，便已有所聞，但一直是傳來傳去的「傳說」。

我曾和白老大，一起想進一步探索過，可是一點結果也沒有，後來，發生了勒曼醫院事件，由於這個醫院間接控制了，或影響了世界上所有大人物的生或死，所以我曾懷疑，「主宰會」也者，可能就是指勒曼醫院。

但後來，也證明了不是，勒曼醫院只是利用了他們驚人的創造，設立了一個「非常物品交易會」，只求世界局勢均衡，他們全是科學家，沒有主宰整個地球命運的野心。所以，如果要理智一點地說，可以說「主宰會」並不存在於世。

我頓了一頓，補充：「我聽說過，但是我不以為真有它的存在。」

青龍吸了一口氣，喃喃地道：「如果不是傳說中的『主宰會』，我想不出是什麼別的勢力。」

我望着黑暗的海面：「乞道其詳。」

青龍側轉臉，向着我：「不久以前，野心極大的斐將軍，曾訪問鄰國，在那裏，他和另一個野心分子阿加酋長，有頻繁的接觸，這兩個人在一起，商談的事只可能是大量軍火的轉移，所以附近國家的情報機構，無法不緊張，都把目光集中在斐將軍身上。」

他講到這裏，忽然停了下來，略移動一下身子，神情有點不安：「對不起，有點緊急情報。」

他說着，人已坐了起來，背對着我，低下頭，像是從口袋中取了一個什麼東西出來，向那東西看看。

他行動有點鬼祟，但是我完全可以知道他在幹什麼——在他身上，有一種小型傳訊機，這種傳訊機的液晶體幕上，可以顯出數字、字母，可以組成語句，作通訊之用。

那種傳訊機，在世界很多地區，都普遍被私人應用，只不過當然不會有情報人員使用的那麼精密和多功能。

他背對着我，我自然不會去問他，大約過了一分鐘，他的神情十分怪異，轉過身，不出我所料，把一具傳訊機交到了我的手上：「最新消息，阿加酋長到這裏來了，他目的是找古九非，他不知道古九非死了。」

我點頭：「是，古九非之死，和阿加酋長無關，這其中另外有些曲折——」

既然把青龍當作是可以相信的人，自然沒有必要向他隱瞞什麼，我向他說了經過，再徵詢他的意見：「酋長對失去那塊玻璃，緊張之極，你可有什麼概念？」

我說着，把那小盒子取了出來，打開，把玻璃放在青龍的手中。

青龍卻先不看玻璃，向那隻小盒子看了一眼，我很佩服他的精細，因為盒中放一塊玻璃，可能是故弄玄虛，吸引人的注意力，而真正的秘密是在盒子裏——我當然也曾十分詳細地檢查過這隻盒子，確定沒有什麼秘密在，所以我搖了搖頭。

青龍這才去看那玻璃，他取了一隻小小的電筒，可是那手指大小的電筒，發出來的光芒之強烈，卻令我嚇了一跳。光芒照在玻璃上，有各色淡淡的光彩反映出來，他聚精會神地看了片刻，熄了電筒，搖頭：「不知道，只是一塊玻璃。」

我把我的設想說了一下，青龍聽得十分入神，他道：「酋長正好在，為了得回它，我想他會不惜一切代價。」

我明白了他的意思，心中也相當興奮，想了一想：「不急，先把你要說的說完不遲。」

青龍「嗯」地一聲：「我們——我的意思是簽署了共同防衛的幾個國家，所得到的情報是，酋長的確會把一大批高級武器，移交給斐將軍，可是奇怪的是，情報指出，斐將軍並不付款購買，只是用東西來交換。」

我也感到奇怪，揚了揚眉。青龍一揮手：「要用什麼來交換十艘高性能的炮艇，艇上有小型導向飛彈，再加上數字不詳的一批地對空飛彈，雖然舊點，但每枚價值還是超過一千萬美元，還有許多查不清，但肯定是極高檔的武器，估計這次交易的總值，超過八億美元。」

我「嗯」地一聲：「在軍火交易中，這不算是什麼了不起的大數目。」

青龍在躺椅上用力拍了一下：「可是，斐將軍的國家，窮兵黷武，根本拿不出這筆錢來，而且，它也沒有什麼國寶，可供變賣。」

我問：「那就說明交易不成了？」

青龍搖頭：「不，交易達成了，就在斐將軍訪問鄰國時達成的，斐將軍會把交換那批軍火的東西，交給酋長，甚至有極機密的消息說，那東西體積不大，斐將軍可能隨身攜帶着。」

我聽到這裏，失聲道：「啊，這才有人想到了，要利用古九非的扒竊技巧。」

青龍道：「顯然如此。」

我追問：「那你又何以認為利用古九非的是『主宰會』？」

青龍道：「斐將軍近年來，致力擴張，影響到了整個亞洲的局勢，已經有過許多戰爭，他向酋長買軍火，顯然是想進一步擴張，能夠制止他這種妄行，自然只有傳說中的『主宰會』了。」

我緩緩搖頭，對青龍的推斷，不是很同意。任何一方面和斐將軍敵對的勢力，都可以設法破壞這次交易，要利用古九非，又不是什麼難事。

所以我道：「不必肯定，總之另外有一股勢力，不想斐將軍和酋長成交。」

青龍補充：「或者，那個勢力，想得到斐將軍隨身攜帶，可以交換那麼多軍火的寶物。」

我把許多零星的線索組織起來，又把古九非在宴會上看到的情形，說了一遍。

第九部

真有「主宰會」存在？

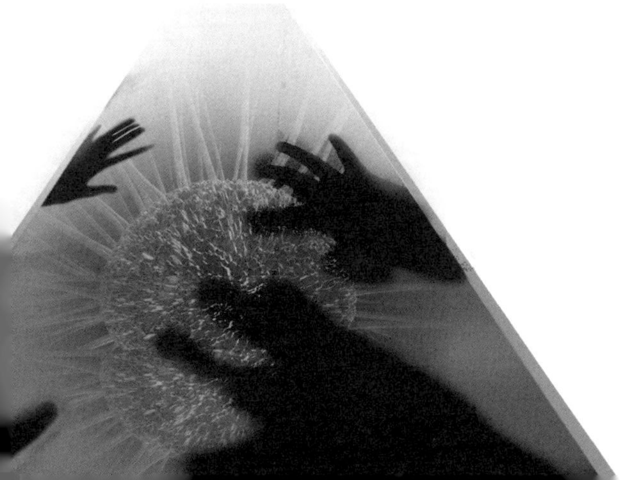

然後，我和青龍，各自靜了幾秒鐘，駭然互望，都有了同一結論，兩人齊聲低呼：「斐將軍用來交換那一大批軍火的東西，可能就是那塊玻璃。」

這是十分駭人的結論，可是也是十分正常的結論。

那玻璃，這時還在青龍手中，青龍舉起了手，托在手心中，神情古怪；「別說是玻璃，就算是鑽石，也值不了那麼多。」

我還是堅持我的設想：「如果通過它，可以開啟什麼，那麼，價值就無可估計。」

青龍仍然盯着那玻璃：「開啟什麼？通向地獄之門？那就應該把斐將軍和酋長這樣的人，先送進去。」

我坐直了身子：「如果為了得回這東西，酋長是不是肯透露它的秘密？」

青龍笑了起來：「那得看什麼人去和他打交道。」

我指着他：「當然是你和我。」

青龍把玻璃還了給我，他在那傳訊儀上，按了幾下，我把玻璃放進小盒，又收了起來。不一會，就有人跑步來到了海邊。

使團的賓館。」

那是一個十分精悍的年輕人，行了一個軍禮：「阿加酋長在阿拉伯國家大

青龍下命令：「安排我要見他，兩個人，我和衛斯理先生。」

那年輕人向我望來，一副肅然起敬的神情，又行了一個軍禮，退了開去。

青龍道：「我沒有和他打過交道，早些年，我曾替阿拉伯集團服務過——」

他講到這裏，略為猶豫了一下，我一點特別的反應都沒有，適當地表示了我對他的過去，並不感興趣（他有一段奇怪之極的過去，我想他不願人家知道。他為了那段經歷，寧願在原始叢林中當野人，與世隔絕，不知道他是什麼時候克服了心理障礙而「復出」的。）我的這種態度，顯然贏得了他的好感，他感激似地向我笑了一下：「所以我知道，這個人十分深沉，不好對付。」

我在自己的胸口上輕拍了一下：「我們有對付他的皇牌在手。」

青龍想了一想才點頭：「是，他不見了那玻璃，急成那樣，大失常態，甚至不知道如何掩飾自己的焦慮，可知他是真的急了。我們是一上來就讓他知道東西在我們手中，還是——」

我立即道：「還是先別透露，只是隱約暗示一下，古九非在離開前，曾見過我，我可能知道他要的東西在什麼地方。」

青龍忽然笑了起來：「我真多擔心了，衛先生你處變的經驗何等豐富，何必還要我來多説什麼。」

我又喝了一口他帶來的酒：「這酒，是用什麼釀製的，味道很怪。」

青龍的回答只是：「山中的一種果子，有劇毒——」

他説到這裏，故意頓了一頓，等待我現出吃驚的神情，可是我卻令他失望，因為我連眉毛都沒有揚一下，他只好繼續：「可是在釀製的過程中，加上一種毒蛇的唾涎，兩種劇毒加在一起，毒性消失，而且有那種異樣的芳洌，喝了使人身心俱暢。」

我搖頭：「世上有許多事很奇怪，譬如這種酒，有誰想到去把兩種劇毒的東西放在一起喝，而創造出這種酒？」

青龍也笑：「我也想過，我想那一定是一個本來想自殺的人，想死得快些，就把兩種毒物放在一起，和酒喝下去，結果非但不死，反倒發明了一種好酒。」

我被他的推理，逗得哈哈大笑，或許那種酒，真有使人愉快的作用，心頭的鬱悶，已經減輕了不少，又閒談了一會，那青年軍官奔過來，立正：「酋長請兩位在三小時之後到達賓館。」青龍一躍而起，身手矯健之極，整個人，像是從躺椅上直彈了起來一般。我不覺技癢，也身子一挺，後發先至，和他同時落地，一起挺立。青龍一聲長嘯：「這就走，駕飛機去。」

他說着，又向那青年軍官作了一個手勢，青年飛奔而去，自然先去安排飛機。青龍和我，出了酒店，上了他駕來的吉普車。

在前赴機場的途中，有一些路程，沿海行進，黑夜中看來，大海黝黑而又神秘。在途中，我又向青龍講到那批照片的事，並且把我的推測，也說了出來：「古九非可能就是為了那卷底片死的。」

青龍奇怪：「那些可怕的照片，有什麼大秘密呢？」

我道：「如果有人，正在進行一種什麼試驗，會使人變得那麼可怕，那麼，就是大秘密。」

青龍喃喃地道：「核武器就能把人變成那麼可怕，大家都在製造，不算什麼秘密。」

我補充我的意見：「如果是細菌、毒氣，甚至於是我們所不知道的新方法，可以造成這樣的後果，那麼，這種力量，在研究階段，自然是極度的秘密。」

青龍足有兩分鐘之久，沒有説話，抿着嘴，雙手用力地握着方向盤，在他瘦削的臉上，有一種難以捉摸的神情。然後，他才吁了一口氣：「太可怕了，人類一直在致力研究如何殺人更多的方法，難道又出現了一種新方法，可以殺人更多？更方便？」

我也自然而然，嘆了一聲——人類的確一直在熱中於研究殺人的方法，這是事實。

青龍的心思縝密，我想聽聽他的意見，所以又問了兩個關鍵性的問題：「你看，酋長的玻璃和可怖照片之間，是不是有聯繫？」

青龍想了一會，搖頭，表示他不能肯定。

第二個問題是：「假設古九非是死在那次宴會的那個侍者領班之手——古九非混入宴會，是假扮侍者，和他接頭的那個人，當時的身分是侍者領班，是不是能查出這個人的身分來？」

青龍吸了一口氣：「應該可能，查到了那個人的身分，也就可以知道利用古九非去進行活動的，是屬於何方勢力了。」

我壓低了聲音：「希望不要真有一個什麼『主宰會』。」

青龍笑了一下，正在這時，迎面公路上，有一鮮紅色的敞篷跑車，疾駛而來，速度快絕。跑車前座，是一對紅衣女郎，後座，有一個人縮成一團，可能是為了車速太高，怕在急速的行駛中被拋出車外，所以才有這樣的怪姿勢。

離老遠，我已經肯定，這輛紅色跑車是什麼來路了，但我沒有向青龍說什麼，只是側過了臉，好叫疾駛而過的車上的人，認不出我來。他們絕想不到我會連夜離開，只顧飛馳，自然不會留意。

不出我和白素所料，良辰美景和溫寶裕，果然來了。他們這時，自然急於找我，和我會晤，讓他們撲一個空也好，因為在和青龍交換了意見之後，發現事情愈來愈複雜。

實在不宜令他們牽涉在內，讓他們自覺無趣，自然就會回去了。

在兩輛車交錯而過之際，青龍低聲道：「好傢伙，車子開得那麼快。」

其實，他自己的車子也開得不慢，二十分鐘車程，他十分鐘就到了，那青年軍官居然早已在機場，不知他的車子開得有多快？

一架中型噴射機，在十五分鐘之後，準備妥當，供青龍使用。在機上，青龍向我解釋：「由於我太熟悉印支半島，所以，幾個國家在簽約之後，聯合防務，就請我擔任情報工作上的負責人。」

我望了他一眼：「要對付斐將軍的擴展野心，只怕不容易。」

青龍大有感嘆：「是啊，有各種公開的宴會或是談判場合，大人物握手如儀，笑臉相向，而我們在暗地裏，卻拚個你死我活，血肉橫飛。」

我沒有表示什麼，正像他説過的那句話，我自己對他擔任的那種工作，一點興趣也沒有，可是，卻不斷有這種事惹上身來，而且也認識了許多他那種人，他就是新認識的一個，這真是十分矛盾的一種情形。

兩小時之後，我和青龍，一起走進了賓館，經過了佈置極豪華的賓館大廳，來到了一間雖然小，但顯然可以賓至如歸的小客廳中。

我們坐下不久，就先有兩個身形高大的衛士走進來，然後，阿加酋長大踏步跨了進來。

我們起立相迎，酋長身形魁偉，而且過度發胖，可是動作還是很靈，只是他神情憔悴，面色灰敗，雙眼之中，佈滿了紅絲。可見失去了那玻璃，對他的打擊極大。

他先和青龍握手，顯然他們曾見過，也都互相知道對方的來歷，所以只是寒暄了幾句。然後，他和我握手，盯着我看，他有着阿拉伯人特徵的鷹鼻，當他盯着人看的時候，使人聯想到鷹在尋覓獵物時的情景。

我也回望他，足有十來秒，他才道：「衛先生很高興能認識你。」

我相信在他知道有我這樣一個人，要和青龍一起去見他起，到現在，這三小時之中，他一定已經盡量在蒐集我的資料，所以我也不必多介紹自己了，我只是也客套了幾句，然後道：「你在機場上接受電視訪問的過程，可以說相當精彩。」

阿加酋長顯然一時之間，不明白我那樣説是什麼意思，可是他立即會過意來：「啊，賞格仍然有效，而且可以提高。不過，衛先生，我不以為賞格會使你感到高興。」

這傢伙果然相當厲害，對付這種人物，總得先給他一點肯定的東西，不能老用空話敷衍他，所以我道：「你失去的東西，的確是古九非偷走，可是古九非已經死了——發生在古九非身上的事，你一定知道了？」

酋長的神色，十分陰沉：「有人要在古九非處，找我失去的東西？」

我怔了一怔，這也不是沒有可能，因為古九非把東西給了溫寶裕，這事沒有人知道，這東西如果重要之極，引起多方面的爭奪，自然也在情理之中。

我不作肯定的答覆：「有可能，但也有可能，他的死因，另有曲折。」

酋長來回走兩步，抓起酒瓶來，倒了一大杯酒，一口喝乾：「你們來見我，有什麼可以提供？」

青龍這時才開口，他的聲音、語調、有着絕不可動搖的堅決：「是交換，不是提供。」

酋長立時道：「好，我能為你們提供什麼？」

青龍一字一頓：「一些問題的答案。」

我發現青龍是一個談判的好手，他說話時的語氣和神情，都在告訴對方：要求必須百分之百達到目的，絕沒有討價還價的餘地。

阿加酋長也不是談判的弱者，他兩道濃眉一揉，鷹鼻在他的臉上，形成了一個看來象徵權力的陰影：「我能得到什麼？」

青龍向我望了一眼，我示意由他回答，他的回答，也很合我的心意：「你能得到一些線索，根據那些線索，你可能得回你失去的東西。」

誰知道酋長並不滿足：「只是『可能』，那等於什麼也沒有，我要實在一點的保證。」

我也未曾想到，我和青龍的行動，竟然會如此合拍，酋長的話才一出口，我們兩人一起站了起來，轉身向外就走——這時，我們自然佔足上風，他急於得回失去的東西，而東西在我們處，我們的要求，就算達不到目的，也沒有什麼可損失的。

他任由我們來到門口，直到青龍拉開了門，他才道：「等一等。」我們先不轉回身來，他又道：「衛先生，我相信對你的所有好評，全是真的。」

我聳了聳肩，不置可否。

他停了約莫半分鐘，才道：「好，請問。」

我轉過身來，看到他的神色，仍然十分陰森。

我揚起手來：「問題之一，你失去的東西是什麼？」

酋長一聽，就現出憤怒之極的神情，身子也立時陡然高了不少，看來像要向我狠狠撲過來。我冷然望着他，青龍冷笑一聲：「如果不能簡單回答，說詳細點也可以，我們有時間。」

我也立時接上了口：「是啊，能夠換取那麼多軍事裝備的東西，體積雖然小，總有它複雜之處，可以慢慢說。」

我和青龍的一搭一擋，配合得十分好，酋長的臉色，變得難看之極，瞪住了我和青龍，面肉簌簌地發着抖——顯然是我們一下子就說中了一個他以為絕不為人所知的秘密。

我們等着他的回答，他大口喝了一口酒，才緩緩搖頭：「拒絕回答。」

我嘆了一聲：「酋長，我很同情你的處境，你一定要說出那東西是什麼，才能得回它。雖然那是絕頂秘密，但是失去了它，我看比泄露秘密更糟。」

酋長的聲音有點發顫：「我說出了秘密，未必能得回東西，我何必說？」

我搖頭：「不是得不回，而是大有可能得回，先給你線索第一，我們見過那東西，那是一塊方方整整的玻璃，中心有一小部分空心——」

我才說到這裏，酋長發出閃雷一樣的喘息聲，已令我說不下去。剎那之間，他一定是憤怒激動、緊張之極，以至令得大量血液，湧向他頭部，所以，他滿臉通紅，看來極其獰惡可怖。

他的右手，已自然而然向上揚起，一直站在角落處的衛士，陡然來到了他的身後。

一時之間，小客廳中劍拔弩張，氣氛緊張到了極點。

我站着不動，了無懼色，已經決定，那兩個衛士要是不識趣的話，先給他們吃點苦頭。

可是，酋長的態度，卻在剎那間，有了極大的轉變，他接連吁了幾口氣，才道：「那是一種象徵，一種標誌。」

我悶哼一聲，表示全然不知道他在說什麼，他用力一揮手：「一種識別身分用的標誌，明白了嗎？」

我和青龍互望了一眼，我們曾對那塊玻璃，作過各種設想，但是再也未曾想過那會是「一種識別身分的標誌」。雖然已相當明白，但顯然不能滿足我們的要求。

酋長當然知道我們不滿意，他立時道：「你們不必再問下去，真要弄清楚了，對你們一點好處也沒有，能把那東西找到，給回我，要多少報酬都可以。」

青龍悠然回答：「報酬就是要知道真相。我和衛先生，都不會被嚇倒，就算我們知道了太多秘密會有麻煩，把秘密告訴我們的人就更麻煩了，是不是？

酋長先生？」

酋長的神色難看之極，我們這時的情形，真是一點一滴，每一句話，都在討價還價，酋長一咬牙，又讓了一步：「好，那是一個組織的加入組織證明。」

這說得十分具體了。

我立時道：「像是……什麼會的會員卡一樣？」

酋長咕噥了一句，看來他不是很願意肯定我的反問，只是模糊以應。

我和青龍同時興起疑問：那是什麼組織，竟要花十億美金的代價，才能取得參加的資格？我們齊聲問了出來：「什麼組織？」

酋長嘿嘿冷笑，神態在表示他不會說出來。

我作了一個手勢，請他仔細聽：「古九非——那個已被不明來歷兇徒殺死的人，在機場外，你一下車，就偷了你那隻小盒子，他還把你的一隻皮夾，轉移到了你的一個保鑣的身上。」

酋長先點了點頭，又搖了搖頭。

（點頭表示我說的是事實，搖頭表示我提供的事實不夠多。）

我又道：「古九非完全不知道他到手的東西是什麼，順手給了另一個人。」

酋長聳然動容，眼角不斷抽動。我講得十分明顯，他失去的東西，並非下落不明，而是大有可能得回來的！

他喉結上下移動了片刻；「那組織有相當大的權力，可以支配許多資源，操縱許多事情的進行。」

我和青龍，不約而同，都吃了一驚，迅速地互望了一眼，心中都在叫：「主宰會！」

我和他都討論過「主宰會」，酋長失去的，斐將軍要來向酋長換軍火的，難道就是主宰會的「會員證」？

酋長雖然是大人物，但是從傳說中的有關「主宰會」的一切看來，他似乎還不是很夠資格參加，他只擁有一小塊出產石油的領地，這種出產石油的土地世界上很多。他雖然有錢，但世界首富排起名來，他也在五百名之外，他雖然可以左右一些軍事裝備的轉移，但是數量和全世界的軍備武力相比，自然也差了許多。

如果他有資格成為主宰會的會員，那主宰會未免收會員的標準太低，只怕難以達到操縱人類命運之目的！

我冷冷地道：「如果你指的組織是……那個，我不認為你有資格成為會員，就算有斐將軍的推薦，只怕也沒有用！」

我在「那個」這兩個字上，特別加重語氣，我沒有說出「主宰會」三個字，這太駭人聽聞，我只是向他表示，我知道那是什麼組織。

酋長神情難看，發出了兩下乾笑聲：「你好像知道得不少！」

我半秒也不停：「比你想像的多。」

阿加酋長重重嘆了一聲：「好，告訴你們，我不是正式會員，只是類似觀察員性質……有點像旁聽生，而且，不是每一次會議都可以參加旁聽，但是，這也是十分了不起的身分了，值得我用超過十億美金的軍事裝備去爭取！」

青龍語音冰冷：「我看你並不樂觀，斐將軍接受了你的禮物，推薦你為觀察會員，這件事，要是傳了出去，連斐將軍的會籍，只怕也保不住，你那十億美金，怕是拋進大海了！」

阿加酋長更加吃驚：「是，斐將軍告訴我，組織正對他極不滿，正派人跟蹤他，說不定會阻撓他和我接觸，叫我小心，他也說那……個證件……一直在他身上，他要找一個最妥當的場合交給我。」

他說到這裏，我和青龍都不由自主，發出了一下呻吟聲來！

來龍去脈，已經愈來愈清楚了！

的確如青龍所料，利用古九非去扒竊的，正是那神秘之極的存在「主宰會」！

多半是斐將軍向「主宰會」推薦阿加酋長成為觀察會員，「主宰會」批准了——阿加酋長這個資格，應該有的，於是，把觀察會員的證件，交給了斐將軍轉授給酋長。可是，「主宰會」一定隨即發現斐將軍受了阿加酋長十億美金軍備的好處，那可能不合「主宰會」的會規，所以主宰會就要阻止這件事發生。

不知基於什麼原因（這到目前為止還是一個謎），「主宰會」不向斐將軍追回那東西，卻想到了利用古九非去偷回來的辦法。

（後來，明白了是為了什麼，說穿了極簡單。）

古九非進行得並不順利，在他下手之前，斐將軍已成功地把東西給了酋長。古九非任務沒有完成，本來不要緊，可是他又多出了一次手，在那侍者領班（替「主宰會」做事的人）身上偷了一卷軟片，他因此喪生。

（軟片——可怖的照片——人類某種不明原因的災難——「主宰會」——數者之間，已肯定有了聯繫。）

至於後來，古九非又在酋長身上，扒走了那塊玻璃，那倒純粹是意外。

那塊玻璃和那批可怖照片之間，果然有聯繫，把兩者聯繫起來的，就是「主宰會」！

第十部

事情經過明朗化

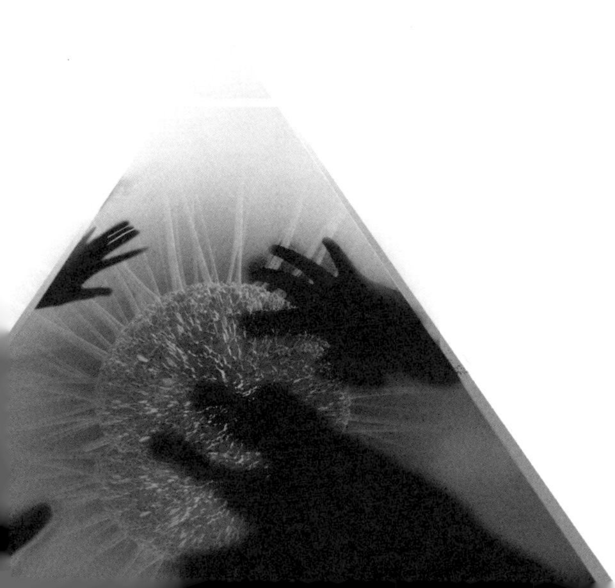

剎那之間，我和青龍都在迅速地想着，思緒紊亂，有幾分鐘的沉默。酋長在連連抹汗，青龍問：「失去那東西，會遭到處分，是不是？」

酋長大為震動，口唇掀動，欲語又口止，神情怪異，雖然沒有說什麼，但等於已經默認了青龍的話。我和青龍互望了一眼，酋長用十分難聽的聲音叫了起來：「我已經回答了你們那麼多問題，我的東西呢？在哪裏？」

我和青龍都不出聲，這時，我們兩人心中所想的事，自然是一致的：是不是把那塊玻璃還給酋長？

他的確已告訴了我們許多秘密，自然，這時我心中想，真有「主宰會」存在，應該進一步去探索一下，那塊玻璃既然是一種身分的證明，保留着大有好處。但是又想到，有了也沒有什麼用，酋長決不肯再透露進一步的秘密，例如如何運用它，在什麼地方等等，那倒不如賣個交情給他算了。

我和青龍互望了一眼，他略有猶豫的神色，先向酋長問：「假設——假設你要去旁聽下一次會議，會得到什麼樣的通知？」

阿加酋長瞪大了眼，臉色難看之極，先在他的喉際，發出了一連串嘰哩咕嚕的聲音——聽來像是極少人使用的一種阿拉伯部落的語言，我聽不懂，想來內容絕不會是對我們兩人的稱頌，接着，他厲聲道：「先把你送到地獄去，再等候另外的通知！」

青龍在這樣問的時候，也顯然知道這個問題不可能有答案，只不過姑且一問而已，所以他沒有失望，也沒有生氣，只是冷然一笑，向我作出一個手勢，表示可以隨便我處置。

酋長又吼叫了起來：「在哪裏可以得回我的東西？」

我笑了一下：「在這裏！」

我一面說，一面已將那小盒子取了出來，托在手上。酋長呆住了，想來他決想不到那麼容易就可以得回失物，雙眼睜得極大，手已伸了出來，可是卻在發着抖。我把小盒子放在他的面前，他一下子就攫在手中，打開盒子，喉際發出了一陣咕咕聲，又緊緊將小盒子攥在手中，這才向我望來：「你要什麼報酬，只管說！」

在這一點上，酋長倒不失君子，因為東西已回到了他的手中，他仍然問我要有什麼報酬。我搖頭：「不必了，你已經告訴了我們很多事！」

在得回那東西的時候，酋長的神情，興奮之極，可是這時，聽得我這樣一說，倏然之間，他又面色煞白，吸着氣：「剛才我們的談話，你不會宣揚出去吧？」

我還沒有回答，青龍已然道：「放心，第一，說出去，也不會有人相信；第二，我和衛先生，還不想成為追殺的目標。所以，希望你也別對任何人提起！」

酋長大大吁了一口氣，他剛才是怕他泄露了「主宰會」存在的若干秘密，會被制裁，照傳說中「主宰會」的力量看來，別說對付一個人，就算它要對付一個國家，也是輕而易舉，所以酋長才感到害怕。青龍的話，表示了安危與共，那自然令他放心。

我和青龍已一起站了起來，我們都認為，在酋長那裏得到的資料已經夠多了，算是不虛此行，那玻璃留在我們手上，也沒有什麼用處，事情的這一部分，算是告一段落，自然可以告辭了！

阿加酋長送我們出來，和我們熱情握手，表示他感激之情，我想起慘死的古九非，心中不禁黯然。古九非可以說死得冤枉之極，只怕他直到死，都不知道自己為什麼惹了殺身之禍。

離開了賓館，我和青龍都好一會不說話，他駕着車，看來像是漫無目的地在兜圈子，半小時之後，把車停在一處靜僻所在，向我望了一眼：「這件事，沒有法子追查下去了！」

我想了一想才回答：「看起來是這樣！」

青龍陡地提高了聲音：「什麼叫看起來是這樣？簡直就是這樣。」

我道：「事情對你和對我，略有不同。你是無法再追查下去了，因為查到後來，可能主其事的，就是你的最高上司。我不同，我不屬於任何人領導，不會受任何力量的牽制，一切可以自由行動！」

青龍默然片刻，神情有點驚駭：「你明知有『主宰會』這樣的組織，還要與之為敵？」

我的聲音聽來很平靜，但是我的內心，卻十分激動：「我一定要把殺死古九非的兇手找出來！雖然報仇沒有什麼特別的意義，但是『主宰會』若是以為可以這樣子為所欲為，那就錯了！」

我的話，說得十分堅決，青龍長嘆了一聲：「你比我有勇氣得多！」

我苦笑：「我也很害怕，在我面對的敵對勢力之中，從來也沒有一個比它更巨大的了。」

青龍再嘆：「害怕，而仍然不退避，這才是真正的勇氣，若是根本不怕，也談不到什麼勇氣了！你準備從哪方面着手？」

我道：「當然從那侍役領班着手，我相信曾原很快就會找出他來。只要利用古九非的是『主宰會』的假設成立，那麼這個侍役領班，就一定是『主宰會』的人。」

青龍點頭，表示同意：「對，一個組織再嚴密，只要有一個微小的隙縫，就可以有辦法到達它的核心！」

我嘆了一聲：「我也不以為自己有力量可以和『主宰會』對抗，只希望能替古九非做點事！」

青龍望了我半晌：「其實，你是想為你自己做點事——不論你做什麼，古九非都不會知道的了！」

我不禁惘然，青龍的指責十分有理，誰知道是為了什麼才做，總之，知道非做些事不可就是了。

又沉默了一會，青龍才道：「回檳城去？」

我點了點頭：「對你來說，事情已告一段落，我會自己設法回去。」

來的時候是他送我來的，現在事情發展到這一地步，我想他有許多事要做，不必再要他送我回去了。青龍想了一想：「不，我們還是一起走，我有些事要處理。」

能和他一起回去，自然快捷得多，我也點頭表示同意。就在這時候，他車子上的通訊設備，發出信號，他按下了一個掣鈕，就聽到聲音：「檳城的警方的曾原警官，要和衛斯理先生通話！」

青龍忙道：「請接過來。」

曾原的聲音立時傳來：「衛先生，請你立即把他們三個人送回去，在他們未闖大禍之前，叫他們快走！」

曾原的聲音很急促，可見他說的話，一定十分重要。可是那幾句話，卻又無頭無腦之極，一時之間，我不知是什麼意思。只好反問：「哪三個人？」

曾原喘着氣：「一對雙生女——」

我「啊」地一聲：「他們三個人！怎麼樣了？叫他們別亂走，等我。」

曾原苦笑：「只怕來不及了，一聽說你不在，是我不好，略露了一些你在何處的口風，他們已經來找你了。」

我心中十分氣惱：「他們做了些什麼？」

曾原的聲音略有遲疑：「倒沒有什麼，可是我總有感覺，感到他們……可能會闖禍。他們……互相商量的時候，曾說到一定要阻止你，不知把什麼東西還給……酋長？」

我呆了一呆，若是良辰美景和溫寶裕，追了來的目的，是要阻止我把那塊玻璃還給酋長，一定大有道理，可是我卻想不出為了什麼。

而且，那塊玻璃，我已經還給酋長了！

我想了一想：「他們不可能找到我的！」

曾原道：「我也這樣告訴他們，可是他們不肯聽，他們還說，要我不斷設法和你聯絡，他們也會和我聯繫。」

我順口道：「如果他們和你聯繫，你可以告訴他們，那東西，我已經還給酋長了！」

曾原遲疑地答應着：「還有，查那個侍役領班的事，也有了眉目。」

這倒是好消息，我道：「我很快就到，希望能有進一步的線索。」

曾原又支吾了一下：「你是不是等一等他們？他們會找到賓館來。」

我在那時，一點也沒有想到事情的嚴重性，也不以為曾原的「感覺」有多高的價值，我只想到，要是他們三人來了，乖乖地倒也罷了，真要胡作非為，闖出什麼禍來，也該讓他們自己負責。人不能永遠做頑童下去，總要有對自己行為負責的時候，就算為此吃點苦頭，也是應該的。所以我根本不打算等他們，曾原的話才說完，我就道：「我不會浪費時間等他們！」

曾原有點無可奈何：「好吧。」

等到我通話完畢，青龍用疑惑的眼光望向我，我道：「還記得路上遇到的那輛紅色跑車？那是我三個小朋友，頑皮之至！這件事也是由他們身上起的！」

青龍皺眉：「為什麼他們不要你把那玻璃還給酋長？」

我攤手：「一點概念也沒有，或許他們又有了什麼怪念頭，他們的怪念頭之多……有很多時候，連我也自愧不如！」

我說到這裏，不禁笑了起來，實在，我也並沒有怪他們的意思，因為基本上，我和他們，堪稱同類。

青龍駕車到機場，仍然由他駕機，不到一小時，便已到達，一個軍官駕着吉普車駛來，向青龍行禮：「曾原警官傳話！侍役領班的住所已找到，請衛先生快去！這是地址，他在那邊等。」

青龍作了一個「請」的手勢，表示我可以用那輛車，那軍官自告奮勇要送我去，我和青龍相識不久，但合作愉快，要分手了，都有點不捨得，所以當我跳上車子時，兩人不約而同地叫：「後會有期。」

那表示了我們兩人還想再見的願望。

那軍官駕着車，大街小巷駛着，間中和我閒談幾句，不一會，就在巷口停下車來，巷子很窄，停着一輛警車，他的車子無法駛進去，我一下車，走進巷子，就有兩個警官迎上來：「衛先生？」

我點了點頭，他們就在前帶路，巷子兩旁，全是相當舊的三層高的屋子，在其中一棟，門上有警員守着，看到我走過來，守門的警員推開門，我走進去，就看到曾原在樓梯上叫：「請上來！」

我三步併作兩步，上了樓梯，二樓是一個大約八十平方公尺的居住單位，所有的間隔全拆了去，我才一上去，就呆了一呆。那單位中的陳設，華貴得超乎想像之外，和屋子的陳舊，全然不相襯，每一個角落的裝修，都落足了本錢——有許多地方，看起來，簡直是屋主人和錢有仇恨一樣。

例如那一組沙發的扶手，不但一看就可以看出十八K金的那種特有的成色，而且還用相當大的寶石，鑲出精巧的圖案來。

所有的小擺設，一組一組，都有不同的質地，有一組，全是綠玉雕刻，有一組雞，公雞、母雞和小雞，都雕得生動之極，而且玉的質地，也是罕見的美玉。作為主要裝飾部分，是一輛金絲編成的大馬車，馬則由一整塊白玉雕成。

比較起來，實用部分的雖然也極盡華麗之能事，但自然也不算得什麼了，倒是有一套錄影音響設備，頗引人注目，略略一看，就可以看出，其中每一個組件，都是音響愛好者的夢中珍品。

曾原這時，打開了一個櫃門，我看到至少有三百瓶以上的酒，儲存在櫃中，粗略地看去，就可以看到了不少在拍賣場中可以賣到好價錢的名酒在。

曾原又指着一些櫃子說：「這些櫃子還沒有打開，裏面不知道會有什麼寶物。」

我明知故問：「這像是一個侍役領班的住所？」

曾原道：「當然不是，初步認定他是長期潛伏着的，身分特殊的人物，他能在那次國宴中任職，是由於國宴由一家酒店的飲食部承辦，而他在一個星期前，賄賂了酒店一個高級職員，取得了那職位。」

我在一張柔軟的，天鵝絨沙發上坐了下來，閉上眼睛，手指按在太陽穴上，那樣，可以使我靜下來，再把事情好好想一遍。

曾原仍在説着：「他在這裏的化名是包勃，那名字一點意義也沒有，而到現在為止，還找不到有關這個人的任何資料。」

我在想：

（一）包勃，這個人假設是「主宰會」的一員。

（二）「主宰會」不滿意斐將軍和酋長間的交易，更不滿酋長因斐將軍的介紹而取得旁聽資格，所以要收回那塊玻璃。

（三）「主宰會」派包勃完成這件事。

（四）包勃想到的辦法，是利用古九非的扒竊技巧。

（五）古九非沒有完成任務，反倒在包勃身上，扒走了一卷底片。

（六）那底片一定極其重要，所以古九非才惹了殺身之禍。

整個事情的六個階段，這樣的推定，全然可以成立。疑問有兩個：

（一）「主宰會」為什麼不直接命令將軍，索回那塊玻璃？

（答案可能是斐將軍別有可供利用之處，不想和他翻臉，也可能另有原因。）

（二）為什麼想到利用古九非？

（答案是，承辦這件事的包勃，可能以為那是最巧妙的辦法，神不知鬼不覺，斐將軍失去了那塊玻璃，不敢出聲，再另外設法去應付酋長，那就大事化小，小事化無了。至於會生出那麼多曲折來，那是一開始所想不到的。）

我吁了一口氣，睜開眼來，曾原用十分疑惑的神望着我。

我又想到的一個問題是：包勃，現在上哪裏去了？

他是一個失敗者，不但未能阻止斐將軍把玻璃交給酋長，而且還失了一卷底片。肯定是他和他的同伴，殺死了古九非，把事情又擴大了幾分，他現在上哪裏去了？

像「主宰會」這樣的組織，能容許有那樣的失敗者存在嗎？

包勃的下場，只可能是兩個：（一）天涯海角亡命，逃避組織的追緝。（二）已被組織找到，在接受處分中！

曾原仍然望着我，我苦笑：「這屋子的主人，可能永遠不會再出現了！」

曾原對事情的來龍去脈，始終不是十分了解，所以他吃驚：「這裏有那麼多貴重的東西——」

我一揮手，打斷了他的話：「比起人的生命來，這裏的一切，一文不值！」

曾原沒有和我作爭辯，我同時又想到，那卷軟片上所展示的一切景象，如此可怕，而包勃在失去了它之後，又用那樣的手段對付古九非，顯示了那卷軟片的重要性。那麼，軟片和「主宰會」有關？

一想到這一點，我就不由自主，打了一個寒顫。

軟片上有那麼可怕的景象，這種景象，如果和「主宰會」有關，那就有可能是「主宰會」製造出來的！

這個假設如果成立，由此來推測「主宰會」的意圖，的確會令人吃驚得遍體生寒！

「主宰會」想做什麼？想把人類變得那麼可怕？

我不由自主搖着頭，曾原見我老不說話，只是思索，顯然十分失望，他道：「那姓溫的少年，曾和我聯絡過，我轉告了你的話，他像是感到很意外：頻頻說：糟了！遲了一步。」

我揮了揮手——這時我所想到的事如此嚴重，可以說關乎整個人類的命運，誰還有心思去理會三個小頑童？我正在想，是不是要進一步去探索「主宰會」的意圖？那當然極困難，但如果真會有那麼可怕的情景出現，再困難也要弄個明白。

所以，曾原又說了些什麼，我竟沒有聽進去，直到我再定過神來，望向他，他才道：「他們三人……好像商量着，要再把那東西弄回來！」

我聽得十分生氣，用力一拍沙發扶手：「這三個小傢伙，太胡鬧了！」

說話之間，警方的兩個搜查專家到了，開始搜查整個屋子，我看了一會，出乎意料之外，所有的抽屜、櫃子，甚至一個暗藏在牆中的保險箱，打開之後，全部空空如也，絕不如曾原所預料的那樣，不知有多少寶物在。

我想了一想，心知一定是包勃離開之前，曾進行過徹底的清理之故。「主宰會」既然是如此勢力龐大的一個嚴密組織，自然也不會在這個身分可能暴露的人住所中留下任何線索。

我也不想停留下去，看了一會，向曾原告辭，曾原大是意外：「衛先生，你是協助調查古九非命案而來的，怎麼就走了？難道你已找出了兇手？」

我的回答更令他吃驚：「是的，兇手就是這個化名為包勃的人和他和同伴！」

曾原憤然：「那就應該把他們繩之於法！」

我不準備把整件事的內幕告訴他，所以只好道：「牽涉太大，連青龍上校都放棄了，我相信這時，他已撤回了對古九非住所的一切監視。兇手不會再出現，整件事……整件事……」

我不能昧着良心說「整件事已結束了」，只好折衷地說：「……整件事已告一段落，只怕在檔案上，永遠都是懸案了。」

曾原由於不滿，以至出言譏諷：「衛先生，你行事作風，一向是這樣子？」

我在心中嘰咕了一下，心想小伙子不知天高地厚，知道事情牽涉的範圍有多廣？再追究下去，絕不是你的職責範圍。但我卻沒有說什麼，只當聽不懂他的話，含糊以應，調轉話題。

曾原人很聰明，當我要向外走去時，他跟在我的身後，派給我的軍車，還在巷口等着，他低聲問：「是不是有一些我不應知道的內幕？」

我不忍騙他：「不是『一些』，是太多，知道了對你一點好處也沒有。我知道了，那是我的不幸。」

曾原沒有再說什麼，我想請他回去，警車上有人叫：「曾警官，你的電話。」

他向我揮了揮手，奔回去聽電話，我走向軍車，還沒有上車，就聽得他叫：「衛先生，他們要和你講話。」

我一怔，知道「他們」就是那三個小鬼頭，我走向警車，拿起聽筒來，就叫：「你們三個人，快滾回家去！」

溫寶裕的聲音立即傳來：「有了新發現，極重要的新發現！」

我道：「不管是什麼新發現，都把它忘記，不要再生出任何事端來。」

溫寶裕叫了起來：「事端不是我們生出來的，我們剛想生事，事情已經發生了！兩百多磅的人，竟可以飛得那麼高，要不是良辰美景拉了我一下，一定要把我壓得骨折筋裂了，真可怕！」

小寶的話，已經夠無頭無腦的了，我想追問，卻又聽得良辰美景在叫：「叫我們救命恩人，簡稱恩人也行！」

溫寶裕在嚷：「要叫多久，已經叫了七八十下了，恩人！恩人！恩人！再也不叫了，至多被酋長壓死！」

他和我説着電話，卻又和良辰美景吵了起來，我大是惱怒，一聲斷喝：「亂七八糟，什麼事情？」

溫寶裕忙道：「大家各自回家，見面再説，電話裏講不明白，兩個小鬼又吵得要死。」

良辰美景又在叫：「想死了，叫我們什麼？是你的救命大恩人。」

我還想再罵溫寶裕幾句，他卻已掛上了電話，這真令人氣惱！

第十一部

可得電腦最機密資料

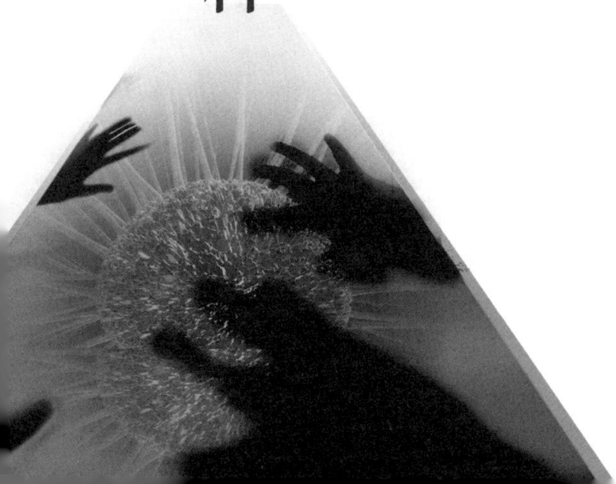

一切事情，雖然由偶然發生，但是發展到現在，已現出極之嚴重的本質，他們卻這樣不知輕重！生了一會氣，只好原諒他們不懂事情真正的性質。

我放下電話，曾原和幾個警員正在交談，臉色凝重，看到我已通話完畢，走了過來：「發生了嚴重的交通意外，阿加酋長在赴機場途中，整個人被拋出車外，落地後估計立刻死亡。」

我一聽得他這樣說，耳際不禁響起了「轟」地一聲響，剛才溫寶裕所說的話，聽來全然莫名其妙，但現在再一想，卻明白之極！

那個自半空中落下來，幾乎沒把溫寶裕壓死的「胖子」，就是酋長！

車禍發生時，他們在現場！

詳細情形如何，我一無所知，但我至少立時感到，阿加首長的「車禍」，絕不是意外！

不是意外，那就是謀殺。

阿加酋長大有致死之道，但在如今這樣的情形之下被謀殺，我自然立即想到了「主宰會」！

一想起了「主宰會」，我就不由自主，打了一個寒顫。阿加酋長不能說是沒有勢力的人，但還是被謀殺了。

我不由自主搖着頭，曾原望着我，想我告訴他一些什麼，我一句話也不說，走向軍車，吩咐到機場，我要盡快趕回去，問問溫寶裕，究竟當時的情形如何，他們何以會恰好就在現場！

我和溫寶裕他們，起飛的地點不同，目的地一致，他們可能比我早下機，但是在海關處，我已經見到了他們。良辰美景仍然是一身鮮紅色的打扮，極其惹人注目，有幾個揹着背囊的西方青年，正在兜搭她們講話，她們兩人翻着眼，一副愛理不理的神氣，溫寶裕則在一旁，摩拳擦掌，怒目橫向，一副準備隨時護花的模樣。

我看得暗暗好笑，來到溫寶裕的背後，陡然在他肩上拍了一下，然後迅速轉身，背對着他。他當然是立時轉過身來的，可是一時之間，卻也難以從背影上認出我是什麼人來。

反倒是良辰美景，兩人反應快絕，紅影一閃，已閃到了我的身前，發出了一下歡呼聲，一邊一個，把我抱住，引得那幾個西方青年，大吹口哨。

溫寶裕也在我背後，發出了一下怪叫聲，我們四個人，沒大沒小，吵吵鬧鬧，出了海關，我總覺得他們三個人的神情，很有點鬼頭鬼腦，一直到上了車，溫寶裕才向我眨着眼。閃縮着，伸出手，攤開手掌來，我一看之下，不禁怔呆。

他手掌上所托的，竟然就是那隻考究的小盒子！

這確然令我莫名其妙，小盒子連玻璃，我已經還給了酋長，而酋長又死於車禍，那麼，這小盒子，怎麼會又到了溫寶裕的手中？

我一面疑惑，一面問：「玻璃在盒子裏？」

溫寶裕眨着眼，點頭：「在。」

我在那時，想起我和白素，第一次見到那小盒子和玻璃時，白素就曾有預感，感到那東西可能帶來不祥，曾勸溫寶裕丟掉它。那時，我們之中，根本沒有人知道那是什麼東西，有什麼作用。

而如今，我已知道那玻璃的作用是什麼，當我把它還給酋長的時候，我有心情輕鬆的感覺，因為它關係着世界上一個最神秘莫測、最有權勢、最可怕陰森的組織，我根本沒有料到會再見到它！

也正因為如此，這時，它赫然又出現在我眼前時，我心頭也感到格外震驚。

而溫寶裕卻顯然一點也不知道它的可怕，還笑嘻嘻地望着我。溫寶裕的神態，使我聯想到一個捧着一大瓶硝化甘油在跳霹靂舞的人——隨時都可能粉身碎骨，可是他自己卻一點也不知道危險。

我緩緩吸了一口氣，想責斥他幾句，可是又明知於事無補，想告訴他這東西的來歷用途，只怕他天不怕地不怕，更加興致勃勃，想警告他這東西的危險性，那自然更激發起他們探險的興趣！

所以，我只是嘆了一聲，作了一個手勢：「從頭說起，誰要是亂扯，我就不再聽！」

良辰美景道：「我們有一個朋友——」

溫寶裕咕噥了一聲：「那傢伙長得像一頭青蛙，不過，嗯，學問見識倒是不錯。」

「長得像青蛙，學問見識不錯」的，是一個年輕人，是良辰美景在瑞士求學時的一個同學，典型的歐洲人，名字是何爾。

何爾學的是電腦科，他是一個真正的電腦天才——那一類的年輕人，在如今的電腦時代，完全如魚得水，多種類型的電腦，都操縱自如。在美國，有幾個這樣的電腦天才，甚至利用了普通的家庭電腦，解破了密碼，使得國防部的機密電腦資料，出現在他們個人電腦的終端熒光屏上！

何爾度假，經過此地，良辰美景接待他，正好是我到檳城去之前一天的事。

在陳長青的大屋子中，何爾對溫寶裕這個神秘的東方少年，能夠擁有那樣的巨宅，羨慕不已。溫寶裕也擁有極完善的個人電腦設備，何爾便發揮他的專長，指點溫寶裕一二。

溫寶裕倒是聽得津津有味——這小子，對什麼都有興趣，但胡說和良辰美景，不免覺得枯燥，正想何爾轉變一下話題時，何爾說出了一番話來，令他們大感興趣！

何爾還是在說電腦，他也不知道自己的話何以會令得所有人都感到了興趣。他道：「我在美國方面的朋友說，最新的技術，可以使得一小塊立方體，有特種折光率的玻璃，成為世界的主宰！」

何爾一面說，一面還用手比着那一小塊立方體玻璃的大小。聽他說着的四個人，全然不知道他那麼說是什麼意思，可是卻都為之一怔。因為他們都曾見過那樣的一塊玻璃，溫寶裕還曾拿來研究過，確然有特殊的折光率！

這樣的一塊玻璃，來自阿加酋長，是古九非偷來的，酋長失去了它之後，焦急非凡，可是他們卻一點也不知道那有什麼用。

如今，何爾所說的，如果就是這樣的玻璃，他說什麼？「成為世界的主宰」，那是什麼意思？

四人互望了一眼，等着何爾說下去，何爾也感到自己的話，引起了注意，他也說得更起勁：「聽說，我說的一切，只是聽說，可能只是不知哪一個科幻小說家的幻想，說是有這樣的一種東西，是一塊立方玻璃，不大，中間還有一個小小的空間——」

何爾說到這裏，溫寶裕不由自主搓着手，良辰美景瞪大了眼，毫無疑問，那就是那塊玻璃。

何爾繼續說：「那小小的空間中，是一種特殊的稀有氣體，據說，這種稀有氣體的發現，被當作極度的機密，那是由於這種稀有氣體，有特殊的功能之故。世界上知道多了這種元素的人，少之又少。」

溫寶裕急急問：「有……什麼特殊功用？」

何爾吸了一口氣，揮着手：「用一定頻率的雷射光束，穿過那種稀有氣體，再加上玻璃的特定折光率，所得的系數，可以窺破世界上最神秘的電腦系統的密碼，獲得絕對機密的資料！」

四個人聽得呆了半晌，何爾又道：「據說，如果掌握了這種資料，就可以成為世界的主宰！」

四個人聽得如癡如醉，他們當然不是有什麼主宰世界的野心，但是任何有好奇心的人，一聽到這樣的事，都有同樣的反應，何況，對他們來說，事情並不是太虛無縹緲，他們的確曾擁有過一塊那樣的玻璃，來歷不凡，只是由於不知有什麼用，所以才交由我去還給原來的主人了。

溫寶裕連說話也有點不連貫：「你是說，有了那樣的玻璃，就能知道……一些……秘密電腦資料？」

何爾點頭：「當然，還要有相當的電腦設備和雷射光束的設備，在你的屋子裏，兩者都有，只要調好了頻率，如果再有那塊玻璃，我們就能看到一些意想不到的資料。」

良辰美景齊聲問：「例如什麼？」

何爾抓了抓頭：「例如……這實在有點難以想像，例如世界各國的最高機密檔案之類。」

溫寶裕發出了一下呻吟聲，用力打了自己的腦袋一下，何爾自然不知道他為什麼現出如此懊喪的神情來，十分疑惑，不知道自己說錯了什麼話。

胡說則瞪着眼：「還不快和衛斯理聯絡！」

一言提醒了他，溫寶裕連忙跳了起來，急急去打電話和我聯絡，白素也不知道我到了檳城之後怎麼聯絡，所以他們商量的結果，是溫寶裕和良辰美景，立時動身找我。

胡說因為走不開，就留下來，要何爾教他如何調節頻率，以使那塊玻璃發生作用。何爾一聽他們曾有過那種玻璃，反倒傻了，不斷說：「我以為只是傳說，我一直以為那只是傳說。」

溫寶裕他們確然用最短的時間趕到，我和他們，曾在公路上交錯而過。

當我聽他們說到這裏時，我心中「啊」地一聲。當時，我和青龍在一起，並沒有和他們打招呼。

若是當時，我向他們揮一下手，我們必然可以早見面，早知道那玻璃另有用途。

可是若是那樣，我們自然不會再去見阿加酋長，也不會知道那玻璃同時又是「主宰會」的身分象徵！

這時，我不禁有點臉上變色，因為何爾語焉不詳，他並不知道通過操作，可以得到一些什麼樣的機密資料，但我卻可以肯定，如果能有資料顯示，那麼，必然是「主宰會」的絕密資料！

溫寶裕看到我神色有異，他也知道我並不是大驚小怪的人，所以，他停了下來，望着我。

我思緒很亂，一時之間，還沒有決定該如何做，我只是道：「說……那塊玻璃，怎麼又會到了你們手裏？」

他們三人齊聲道：「這真是陰錯陽差，機緣巧合！」

我悶哼了一聲，咕噥了一句：「什麼機緣巧合，只怕是禍不是福。」

溫寶裕道：「我們趕到古九非的住所，沒有見到你，見到了一個叫曾原的警官——」

曾原人比較老實，三言兩語之間，就透露了我的行蹤，他們三人自然追蹤而來。不過他們畢竟慢了很久，到他們來到賓館門口，表示要見「來拜訪酋長的衛斯理」時，我已經離開了。他們的要求，自然被拒絕。

而正在這時，賓館的正門大開，警衛吆喝着，把他們三個趕開去，阿加酋長乘坐的大房車，駛了出來。

阿加酋長在得回了他的東西之後，並沒有耽擱多久，就離開賓館，準備到機場，搭乘他自己的飛機離去，偏偏溫寶裕一看到大房車車頭上所插的那面小旗上，有新月和鷹的圖案，認得那是阿加酋長的旗幟，他指着車子：「裏面是阿加酋長。」

良辰道：「不知道那玻璃是不是已在他的手裏了？」

美景道：「不管是不是，追上去看看再說，剛才那些警衛好可惡。」

賓館的警衛，在趕人離開時，態度自然不會好到哪裏去，但那和阿加酋長無關，可是無事生非的，卻把不相干的兩件事聯繫起來。良辰一說，唯恐天下不亂的溫寶裕，首先叫好。

他們一直在那輛租來的，鮮紅色的跑車之中，良辰立時踏下油門，跑車發出轟然巨響，追上了去，不一會，他們就發現是駛向機場的，到了機場，要是酋長享受不到特權，他們就大有與之相遇的機會，一想這一點，他們都十分高興。

大約是在離開賓館二十分鐘左右，他們的車子，距離酋長的車子，大約是三十公尺，其間，由於酋長的車子，前後都有警方的摩托車護送，所以除了兩輛摩托車外，沒有別的車子——這一點十分重要，如果不是這樣的話，就不會有接下來的事發生。

雙方的速度都相當快，前面是一個岔路口，有一幅相當大的廣告招牌，遮住了一部分路況，而就在那廣告牌後面，突然駛出了一輛貨櫃車來。

那貨櫃車來得突然之極，而且速度之高，有點匪夷所思，酋長的大房車，前面有摩托車開道，貨櫃車竟然在摩托車駛過去了之後，突然竄出來，酋長的車子，在那種突然的情形下，本來就避不開，非撞上去不可，而貨櫃車一出現，極長大的貨櫃部分，又突然一擺一掃，向酋長的座駕車掃過來。

一下隆然巨響，良辰立時緊急煞車，在座駕車後面的兩輛摩托車，也已撞了上去，跑車由於緊急煞車，而在公路上，作三百六十度的旋轉，他們看到，酋長的車子被撞得向上，直飛了起來，足有四五公尺，車門被撞開，酋長胖大的身體，直飛了起來。

這種意外，足以看得任何人目瞪口呆，他們三人自然也不例外。

而就在這一個錯愕間，酋長胖大的身軀，正好向着跑車的後座，直壓了下來，溫寶裕還在伸長着脖子發怔，酋長身子一落下來，溫寶裕有十條命，只怕也全要葬送了。那千鈞一髮時，良辰美景嚴格的武術訓練，發揮了作用。在間不容髮之際，她們身子向後一翻，一邊一個，抓住了溫寶裕的手臂，帶着溫寶裕，向後便翻。

幾乎在他們才一翻出車子，酋長的身子，便重重墜下，撞在跑車的後面，再彈起了兩公尺左右，又重重落在地上。

那時，翻出去的良辰美景，由於有極佳的武術造詣，所以站定了身子，而被她們帶出來的溫寶裕，一則以驚，二則不能適合太快速的動作，雙腿發軟，手在地上撐着，要等定過神了，才站得起來。

而就在那時，酋長的身子落地，落地之後，幾乎就在溫寶裕的眼前。溫寶裕的膽子再大，在這樣的情形之下，他也不禁大叫起來，一面叫，一面雖然不想看，可是視線卻盯在酋長的臉上，再也移不開去！

酋長這時，還沒有立時斷氣，樣子可怕之極，他像是竭力想抬起頭來，可是他的半邊頭部，剛才不知曾砸在什麼地方，早已血肉模糊，不成形狀，可怕之極。

他的喉際，發出一陣古怪的聲響，頭抬不起，一隻手，卻忽然揚起，來握溫寶裕撐在地上右手的手腕。

溫寶裕驚得靈魂出竅，一面叫着，一面連滾帶爬，居然給他逃了開去。

酋長一抓抓空，再也沒有氣力抓第二下，手臂也「啪」地一聲，重重碰在地上，就在這時，自他的衣袖之中，滾出了那隻小盒子來。

溫寶裕雖然慌亂驚駭之至，但是那隻小盒子，他還是認識的。而且，他和曾原聯絡過，知道我已把那東西還給了酋長，所以，在大大驚駭之餘，一見到了那小盒子，又大喜過望，一把抓在手裏。

這一切經過，詳細寫來，甚費筆墨，但實際上，發生的時間極短，絕不會超過五秒鐘。

良辰美景根本未曾看到溫寶裕得了那小盒子，她們只看到，酋長肨大的身軀，第二次又幾乎把溫寶裕壓死，也嚇得花容失色。

同時，她們看到，酋長的車子落地之後，已燃起火，撞上的兩輛摩托車，也成了廢鐵，觸目驚心，而更令她們覺得不妙的是，那輛大貨櫃車，竟然什麼都不顧，又以意想不到的速度，迅速駛入一條支路！

良辰美景驚呼一聲，情知事情一定大有蹊蹺，不是那麼單純的車禍，她們同時作了一個十分聰明的決定：「快離開這裏！」

她們再把溫寶裕拉上了車，駕車後退，調頭，轉進支路，行動快絕，大約在半分鐘之內，已在現場消失，駛在另一條路上了。

他們在路上時，溫寶裕才攤開雙手，讓她們看到手中的小盒子。良辰美景十分神氣：「小寶，可知道你剛才幾乎做了鬼？」

溫寶裕想起剛才的情形，猶有餘悸，衷心道：「多謝你們相救大恩！」

良辰美景扁嘴：「叫一聲恩人，也不為過！」

溫寶裕也十分心甘情願，「恩人」叫了許多聲，一直到找到電話，和我聯絡，良辰美景還逼他叫「恩人」，他才突然忍受不住——這就是我在電話之中，聽他們吵鬧的經過情形。

他們兜了一個圈子，再赴機場，在收音機中，已聽到酋長撞車死亡的消息——肇事的大貨櫃車已經逃走，警方正在全力追緝云云，現場若有目擊者，請與警方聯絡。

他們還曾商量了一下，是不是要和警方聯絡，還是溫寶裕一力主張：「阿加酋長這樣身分的人，若是被謀殺，一定和國際性的恐怖組織有關，最好不要去招惹。一切等問過了衛斯理再說。」

我喜歡溫寶裕，也大有道理，他平時雖然胡鬧，但是在要緊關頭的大問題上，卻極有分寸。

良辰美景也同意了，他們到了機場，搭機回來，和我又在機場相遇。

等到他們三人，搶着把經過情形說完之後，已經快到陳長青的大屋了。

他們都等待着聽我的意見，我先道：「你們畢竟長大了，這次事情，雖然開始很冒失，但最後決定回來和我相會，那就很對。」

他們三人受了稱讚，都很開心。我又道：「那個叫何爾的人，說的話可靠嗎？」

溫寶裕道：「是不是可靠，很快就可以知道。那東西那麼巧，又回到了我們的手上，若是再不去尋根究柢一番，未免對不起自己。」

我也有極強的好奇心，所以，我雖然知道事情可能凶險莫名，但是也同意溫寶裕的意見。我只是道：「我對於電腦密碼，不是很在行——」

良辰美景搶着道：「據何爾說，全世界的電腦資料，都有一個聯絡網，可以互通，就像電話號碼一樣，只要你掌握了這個號碼，就可以和這個號碼的人通話！」

溫寶裕也道：「在美國，有中學生通過了偶然的機會，不斷地試，也有恰好試中了密碼的。所以，這一類密碼，現在已複雜得多，不是偶然可以試中的，必須通過特殊方法獲得。」

他說到這裏，又頓了一頓：「我們曾假設過那塊玻璃可能是開啟什麼的鑰匙，雖不中亦不遠。它原來是找到密碼的關鍵。」

我保持沉默，因為我知道這塊玻璃的真正用途，我相信，利用玻璃得到一組電腦密碼，只不過是它的一項附帶功用而已。

不一會，進了屋子，溫寶裕一呼叫，胡說就從地窖上來，見了我，又見了溫寶裕向他一揚的那隻小盒子，神情高興之極：「何爾教會了我不少使用電腦的學問，我們馬上可以來試一試！」

我問：「何爾呢？」

胡說道：「我想留他，可是他旅行的行程排得很密，實在無法逗留！」

我又向良辰美景望了一眼，兩人的領悟力強極，立時叫：「我們打電話請白姐姐來！」

一行人等，進入地窖，到了雷射光束和電腦設備之前，胡說把那塊玻璃取出，放在一個支架上。

第十二部

得到一組電腦密碼

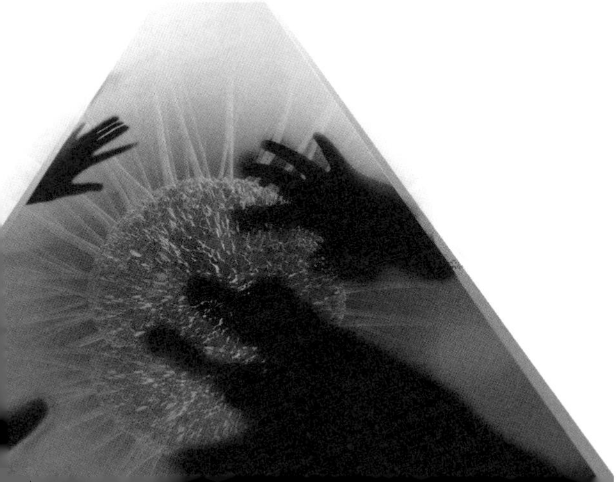

他再移動着支架，到一個恰當的位置，才去開啟雷射裝置，一股光速射出，射在玻璃上，恰好在其中的空心部分穿過，落在另一端的一塊電子板上。

這時，在和雷射光束裝置聯結的一組儀器的液晶體數字顯示板上，數字飛快地閃耀、跳動、變換，看來是附屬的計算機，正在進行繁複之極的計算。

四個小傢伙不住發出讚歎聲，我心中也在想，設計出以這種方式來求得密碼的人，簡直是天才！

雷射裝置和電腦已聯結在一起，一等到計算出了密碼，電腦就會根據得到的密碼，自動操作，到時，就可以在電腦的終端熒光屏上，看到絕頂機密的資料了。

他們四個人在十分有興趣地討論，會看到些什麼樣的資料，七嘴八舌，尤其是溫寶裕，想像力之豐富，匪夷所思，各種各樣的假設，自他的口，像流水一樣湧出來。

我當然知道，沒有資料出現則已，若有，必然是和「主宰會」有關的一切。

可是，我卻沒有向他們說出來。我那時的想法是：原則上，我絕不想他們四個人知道有「主宰會」的存在，對這個存在，知道得愈少愈好，不知道更好，因為根本無法與之對抗，也不知道什麼時候會犯了他們的忌諱，而被他們用兇殘的手法對付！

所以，我想，未必會在什麼資料顯示出來，就算有，只要他們根本看不懂，自然也不會再有興趣。真到了非說不可時，再說未遲。

這時，白素走了進來，我和她交換了一個眼色，只作了一個手勢，她和我相處那麼久，自然知道我是在表示有很多話要和她說，但現在不是說的時候。

她雖然也知道何爾所說的一切，知道我們現在是在做什麼，她只是對那塊玻璃仍然在我們的手中，表示了訝異。良辰美景一看到她，就到了她的身邊，一個在左，一個在右，低聲卡卡呱呱、講個不停，說話快絕，想來是在告訴白素她們的經歷。旁人可能會不習慣，但白素顯然習慣了這種「立體聲」式的說話，聽得十分入神。

又過了大約兩分鐘，有一盞綠燈，不住閃動，液晶體屏上的數字閃動，正在顯著減慢，最後，出現了一組十八位的數字，又閃動了幾下，才固定了下來。

那密碼，由十八位數字組成，其中還有四個是英文字母，想要憑偶然的可能得到，自然絕無可能。

這時，人人都十分緊張，因為電腦已開始自動操作，電腦熒光屏上，閃耀過一行又一行的小字和數字，有時則是雜亂無章的線條。

大家都盯着熒光屏看，白素伸手碰了我一下，我轉過頭去看她，她向我低聲道：「酋長是被謀殺的！」

我點了點頭：「毫無疑問！」

白素也還不知道「主宰會」的事，我準備等一會再和她說，所以說了一句之後，便不再言語。

這時，電腦熒光屏上，突然出現了幾行字，那是五種世界通行的主要文字，每種文字的意義都一樣，先是兩個較大的字：「警告」。

而「警告」的內容則是：以下出現之資料，獲知人在任何情形之下，均不得與任何人提及，違反者將受到極嚴厲之懲罰。

胡說和溫寶裕伸了伸舌頭：「乖乖，這算是什麼，倒好像是什麼秘密組織的規條。」

我不禁苦笑，電腦的「警告」，自然不是虛言恫嚇。「主宰會」本來就可以說是秘密組織，而且，可算是世界上最秘密、最具勢力的組織！

白素看出我的神色有異，向我望來，我也想她早一點知道事情的嚴重性，所以我湊過頭，在她耳際，用極低的聲音道：「主宰會。」

白素陡地一怔，她的反應，比我在乍一聽到「主宰會」三個字時，敏銳得多。她立時揚了揚眉，表示有疑問，而我則十分肯定地點了點頭。

白素閉上眼睛極短的時間，立即恢復了原狀。這時，電腦的熒光屏上，已有顯示，大家都在注意熒光屏，所以並沒有留意我和白素的行動。

白素又伸過手來，和我握了一下手，表示她知道了事情的嚴重。

而這時，在熒光屏上出現的，又是一組數字，卻只有九位數字。

從十八數字的密碼，求出一組九位數字的答案來，這未免有點不可思議，也出乎人的意料之外。呆了半晌之後，胡說才道：「電腦完全由自動操作系統控制，不可能出錯！」

溫寶裕雙眼睜得極大：「只有一組九位數字，表示什麼？那算是什麼機密資料？」

良辰美景也大是泄氣：「一定是何爾這傢伙信口雌黃，我們卻信以為真了。」

胡說側着頭：「不能那麼說，的確是有資料顯示出來，只不過我們看不懂而已。」

溫寶裕雙手托着腮：「的確，一組九位數字，可以表示很多信息了！」

他們一面討論着，一面已向我和白素望了過來，我一看到那組九位的號碼，心中已有了一個概念，可是我卻並不表示什麼，只是道：「不能獲得進一步資料了？」

這時，熒光屏在閃動，大約每十秒閃動一次，每一次閃動之後，出現的，仍然是那一組九位數字。

胡說道：「如果有別的資料，一定會繼續展示的。」

溫寶裕手指相叩，發出「得」地一聲：「我知道，那是一組保險箱的密碼。」

良辰美景立時嗤之以鼻：「廢話，要知道是哪裏的保險箱才好。」

溫寶裕吞了一口口水：「最機密……的，哼，可能是美國發射遠程飛彈的電腦密碼！照這個密碼，可以操縱遠程飛彈的發射！」

他自己騙自己，甚至臉色發白，像是他立即就可以引發第三次世界大戰一樣！

白素柔聲道：「不妨再試一次，看看結果，是不是一樣？」

胡説答應着，把一切經過，重複了一次，結果，仍然得出那一組九位數。

各人都大是沮喪，我趁機道：「好了，這件事，告一段落，大家別再理會了！」

胡説和溫寶裕都以一種相當異樣的目光望着我，他們都知我脾氣，不會對一件事這樣善於罷休，幸好白素這時也説：「得到了一組沒有意義的數字，恐怕只有深知內情的人，才能明白是什麼意思，我們在這裏瞎猜，一點意義也沒有！」

白素這樣說，比較容易取信於人，他們雖覺無趣，也沒有再說什麼，我把那塊玻璃取在手中，順手放進了衣袋，向白素使了一個眼色，就此和他們分手。

在回家途中，白素開着車，我問她：「那九位數字，你記不記得？」

白素沉聲道：「472476139。」

我又問：「有什麼概念？」

白素反問：「你有什麼概念？」

我吸了一口氣：「一個電話號碼。我最近才到過芬蘭，印象比較新。全世界統一的國際直撥電腦，芬蘭的國家編號是『358』，這組數字的首兩個數是『47』，那是挪威的編號，『2』是奧斯陸的區域號碼，接下來的是一個電話，是要撥這個號碼，就可以獲得進一步的資料，我想是這樣。」

白素立時同意了我的分析：「正是如此，他們……只怕很快也會想到這一點。」

白素口中的「他們」，自然指溫寶裕他們而言。我道：「要在他們想到之前，先撥這個電話試試！」

白素表示同意，她盡量提高車速，不一會就到了家，我立時拿起電話，撥這個號碼，電話果然接通了，可是電話鈴卻響了又響，沒有人聽。

我按下了自動撥號的掣鈕，那會不斷地自動撥號，然後等了大約二十分鐘，一樣是對方沒有人接聽。

半小時之後，另一隻電話響了起來，我拿起來一聽，是溫寶裕的聲音：「那九位數，是挪威奧斯陸的一個電話號碼。」

他們終於想到這一點了。

溫寶裕又道：「我們撥了，可是那個電話，一直在通話。」

我不禁苦笑，我利用自動撥號的裝置，在不斷地打那個電話，他們自然打不通了！

我沒好氣：「那就繼續打。」

溫寶裕咕噥了一句，我沒聽清楚他在說什麼，就放下了電話。

白素皺眉：「照說，如果有進一步重要消息，不應該沒人聽電話，我們或者弄錯了。」

白素說的時候，我不肯承認弄錯了，可是到了第二在中午，那個號碼，至少撥了上百次，仍然是沒有人接聽時，我也只好承認是弄錯了！

在這十多個小時之中，我自然也把檳城之行，遇到了青龍這個異人，和他一起去見酋長，在酋長的口中，知道了「主宰會」的許多事，一切經過，全向白素說了一遍。白素聽得默然半晌，才道：「真可怕，難道全人類的命運，真由這少數人在主宰？」

我悶哼一聲：「這少數人的命運，又不知受誰在主宰！我不信有人能主宰全人類的命運，但他們對人類命運，有極強的影響力，絕不能否認。」

白素皺着眉；「那批照片上的可怕情景……會和主宰會有聯繫？那是一種什麼現象，是主宰會形成的？」

我苦笑，攤了攤手，表示一無所知。

白素又嘆了一聲：「古九非死得不明不白。」

我搖頭：「死得倒很明白，只是要替他報仇，就十分困難。」

白素猛然眉心打結，我知道，這表示她正想到了什麼，我不出聲，等她有了初步結論，她自然會告訴我。過了一會，她道：「那個包勃，如果屬於『主宰會』，也只不過是一個小角色。」

我道：「自然，不過，主宰會中的小角色，也非同小可了。」

白素作了一個手勢：「對付古九非的手段，十分殘酷，而那卷菲林他又未能找回去，如果『主宰會』是一個十分嚴密的組織，只怕包勃會受到制裁——古九非慘死之後，自然有人代報。」

我苦笑了一下，想起古九非死得「難看」的樣子，又不禁緊緊握拳。

這一天的世界大新聞，就是阿加酋長車禍喪生。通訊稿稱他是一個典型的傳奇人物，有許多國家的軍火，通過他獲得，是世界局勢舉足輕重的人物云云。

我看了這樣的報道，只是冷笑，因為阿加酋長，千方百計，花了近十億美元的代價，才不過沾到了「主宰會」的一點邊。而且，這點邊還不是循正途沾來的，所以，反倒給他帶來了殺身之禍。

我和白素繼續討論，我先提出來：「阿加酋長之死，如果出自『主宰會』，那麼，我看斐將軍也不是很妙，會有變故。」

白素道：「如果近期內有這樣的消息，就更可以證明事情是由『主宰會』在策動。不過……一開始，好像並不想得罪斐將軍，不然，不會出動利用古九非！」

我攤手：「誰知道，或許斐將軍私購軍火，擴展勢力，並未得到『主宰會』的批准。」

當時，我們只是說說而已，可是接下來的三天，每天都有消息傳來，都相當令人震驚。

首先，在這三天之中，我仍在不斷撥那個我認為是挪威奧斯陸的電話，但不論是什麼時候，都沒有人接聽。

第二天，有一則小型飛機失事的消息，在婆羅乃上空，一架小型飛機失事，失事飛機十分神秘，來歷不明，機上五人，全部罹難，死者身分也不明。

我看到這則新聞，並沒有把它和我的經歷聯繫在一起，可是當天下午，就接到了曾原自檳城打來的長途電話，他氣息急促：「衛先生，你記得那個殺害古九非的疑兇，包勃？」

我道：「當然記得。」

曾原又道：「一架小型飛機，在婆羅乃的一處森林中墜毀，死者的屍體，出奇地完整，但身分極神秘，照片送給各處警方鑒認，其中有一個，經許多人指出，肯定就是包勃！」

我「啊」地一聲，想起了白素的話，這個成事不足，敗事有餘的包勃，果然受了制裁！

有酋長的例子在前，我自然可以肯定，小型飛機的失事，絕非意外。

我道：「飛機和人，都來歷不明，這似乎沒有可能，追查下去，總可以查到點線索的。」

曾原聽了，在電話中支吾了片刻，才道：「我自告奮勇要追查，上頭本來也批准了，可是不知道為什麼，後來忽然又告誡我不要多事。」

我苦笑，「不要多事」，那自然是「主宰會」方面運用了它的影響力，這種小事，對「主宰會」這種權勢通天的組織來說，自然是小事一樁。對曾原這種，一個普通小警官來說，自然絕無抗拒的可能。

我沉聲道：「那你就聽上級的指示吧。」

曾原頓了一頓，才又道：「阿加酋長的喪生，上頭也說『並無可疑，不必追查』，可是那明明是蓄意謀殺。衛先生，這其中，是不是有什麼神秘的陰謀？」

我哼了一聲：「你不必以天下為己任，一切事情，聽其自然吧。」

曾原對我的回答，當然表示不滿，他停了一停，才又道：「那天我見到青龍中校，他……他……好像有點怪，不很正常！」

聽到這裏，我不禁有點冒火，老實不客氣地說他：「小伙子，你太好管閒事了，青龍是不是怪，和你有什麼關係？要你去注意他？」

曾原忙道：「不……不……因為事情和你有關，他……他十分技巧地問我，你有沒有對我說起過什麼駭人聽聞的事情。」

我吃了一驚，一時之間，思緒紊亂之極。

所謂「駭人聽聞的事」，自然是指「主宰會」而言。青龍探聽這一點，是為了什麼？

一時之間，我毫無概念，我只好道：「我可沒有對你說過什麼？」

曾原道：「是啊，我就是這樣回答他，可是他好像不相信，又旁敲側擊，問了好久，才算滿意。」

我裝作十分輕鬆，雖然我知道事情一定有極不尋常之處：「那就別放在心上，反正以後，你和他也不會有什麼見面的機會了！」

曾原還在咕噥：「不過他的態度真怪，我要是有發現，再和你聯絡！」

我本來想勸他別再努力，繼而一想，在「主宰會」的安排之下，他再努力也不會有結果，對他來說，事情已經告一段落了。

所以，我沒有再說什麼，和曾原的通話，也到此為止。通話的時候，白素一直在旁邊，我放下電話，就向她去，白素道：「古九非的慘死，兇手也得到了報應。」

我吸了一口氣：「這……『主宰會』……真的行事乾淨俐落之極。」

白素沒有表示什麼，只是低嘆了一聲，接下來的是溫寶裕的電話：「那個號碼，只怕不是電話號碼，我們去查過了，挪威的奧斯陸，雖然有這個號碼，但屬於一家早已關閉了的造紙廠所有，造紙廠已停止生產，電話當然也已取消了，難怪一直沒人接聽！」

我心不在焉地「嗯嗯」應着，溫寶裕又道：「我們在電腦上，試圖求得這個九位數字號碼的代表意義，可是一點結果也沒有。」

我苦笑：「可能整件事，根本就沒有意思。」

溫寶裕「哼」地一聲：「整件事，大有意思，只不過我們找不到門路。」

我心中很同意溫寶裕的話，可是卻不能表示什麼，只好打了一個呵欠，表示沒有興趣，溫寶裕也識趣地掛上了電話。

第三天一早，白素就將我推醒，把一份報紙放在我的面前，我一看頭條新聞，就睡意全消，消息顯然是稿前的最後新聞補上去的，很簡單，但標題甚大：「斐將軍突然下台！」

斐將軍在他的國度中，一直被認為權力十分鞏固，可是卻突然下了台，他的職位，由他的一個副手替代，他已被削除了一切權力，正遭到軟禁。

我和白素互望着。

我們的假設，一步一步，變成事實了。

這個「主宰會」，又顯示了它非凡的能力，在幾天之中，就令一個握有實權多年，看不出有任何垮台迹象的將軍下了台！

白素苦笑着：「希望我們別和它發生任何牽連，那塊玻璃……」

她並不是怕事的人，她說到那塊玻璃時，本來顯然是想說：「不如把它毀去了吧」，可是一定想到，這樣子未免太示弱了，所以她改了口：「……我第一次……就建議把它拋掉，現在，我仍然想那樣。」

我吸了一口氣：「知道那塊玻璃在我這裏的，只有六個人。我想，這六個人可以稱為自己人！」

我自然是反對白素的提議，所以才如此說的，為什麼我反對白素的提議，我也說不下來，總之，我覺得在整件事未曾全部結束之前，這塊神秘的玻璃，一定還有用處。至少，不久之前，它就給了我們一組電腦密碼，所以我不想就這樣拋棄它。

白素側着頭：「還有那個青龍，他也知道你有。」

我搖頭：「我當着他的面，把玻璃還給了酋長。酋長車禍喪生之前，玻璃落入溫寶裕之手，這一點，他並不知道。」

白素嘆了一聲：「衛，你想事情有那麼簡單嗎？酋長的死，如果是『主宰會』的精心安排，溫寶裕他們曾在出事的現場出現，能不被注意？」

一想到這一點，我也不禁感到了一股寒意。

我安慰自己：「不會有事吧。包勃、酋長都受到了懲罰，斐將軍下台了，我們這裏什麼事也沒有發生，不會有事的。」

白素不出聲，我有點對自己的膽小生氣，大聲道：「就算是，我們也不是沒有見過大陣仗，好就好來，不好就不好來，怕什麼？」

白素望了我片刻，輕輕拍了幾下掌：「好，衛斯理雄風猶在！」

我挺了挺胸：「快去多蒐集一下斐將軍下台的資料。」

資料並不多，也沒有什麼特別，但凡一個將軍下台，不會有什麼公開的理由，而官樣文章，卻又千篇一律。

又是兩天，溫寶裕對那組數字的興趣也淡了，沒有再來報告什麼，那天下午我出去和一個久不見面的朋友叙舊，回家，看到客廳裏有人坐着在翻閱雜誌，他抬起頭來，我頗感意外，竟然是青龍。

他站了起來，見到他，我也很高興，和他握手，就急不及待地道：「包勃的飛機失事，酋長的死，斐將軍下台，『主宰會』處事的手段，真乾淨俐落。」

青龍的神情，在一剎那間，十分難以形容。

第十三部

去看看那電話

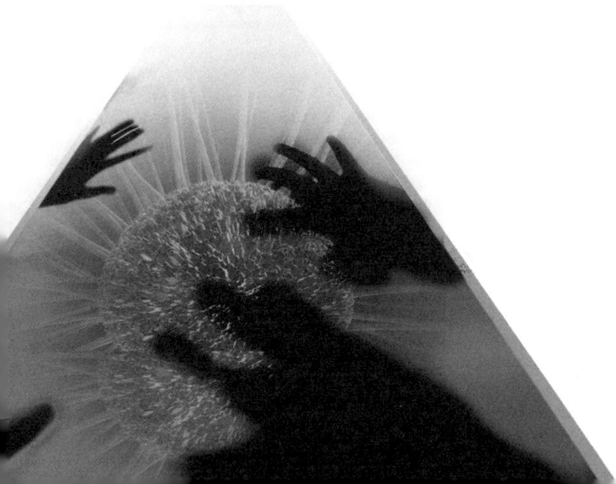

那種神情，一閃即過，我也沒有多留意，他立時道：「是啊……哦，那天晚上，我首先向你提及『主宰會』，那……是我不對。」

我大是愕然，一時之間，不知道他這樣說，是什麼意思。他忙解釋：「我是說，你一向對探索奧秘的事，有鍥而不捨的精神，要是由於知道了『主宰會』的存在，而……」

我明白他的意思了，他是怕我和「主宰會」作對，在我明白了他的意思的同時，心中也疑惑之極，他為什麼要擔心？是關心我？

青龍接着說的話，倒解決了我心中疑惑的一部分：「『主宰會』……勢力龐大，若是和它敵對……那不是是個人力量所能應付的。」

我對他的說法，不是很同意，但也沒有必要和他爭論，所以我沒有說什麼，他轉過頭去，並不望我，看來像是不經意地問：「你當然把整件事都當作結束了？」

剎那之間，我心中大是起疑，他掩飾得極好，但是我仍然可以強烈感到，他來找我，懷有某種目的。而且他的態度十分怪異，倒像是他為了打聽我是不是會繼續探索事情的真相而來的。

我心中起疑，但不動聲色，淡然道：「不告一段落也不可能了。」

青龍像是對我的答覆相當滿意，話頭一轉：「你曾提到過一批十分可怕的照片——」

他說到這裏，頓了一頓，等候我的反應，我皺眉：「可怕之極，而且，不知道那是一種什麼現象，是古九非自包勃身上偷來的。」

青龍小聲問：「我可以看看？」

我心想，既然已向他提起過這件事，不讓他看那批照片，未免說不過去，所以我點頭，把他領到了書房，取出那批照片給他看。

青龍抿着嘴，看得很認真，看完這後，他才大大吁了一口氣：「真可怕，也難以設想是在什麼情形之下拍到這批照片的，你有什麼概念？」

我本來有不少設想，可是此時，我既然覺得他神態有異，自然也不肯再說什麼了，只是搖頭：「一點也沒有，甚至無從設想……那是一種特技化裝術所造成的效果？」

青龍笑：「大有可能！嗯……有一件事，相當怪，酋長出事之後，在他的身上、車上，竟然找不到對他極重要的那塊玻璃。」

我笑起來：「會不會撞碎了？」

我這樣説，實在有着嚴重的開玩笑的成分，可是青龍卻怔了一怔，十分認真地想了一下，陡然伸手在腿上拍了一下：「真的，大有可能。」

我裝成不經意地問：「你要找那塊玻璃幹什麼？想去參加『主宰會』的會議？」

青龍笑：「怎麼會。」

接着，他又說了一些不相干的話，在半小時之中，他有三次之多，肯定我是不是認為我已把整件事當作結束——這使我肯定，他這次來找我，目的正是想肯定我的想法。

他為什麼要肯定我不再深究？是他自己要知道，還是受了什麼人的委託想知道這一點？

如果他是受人委託，那麼，如果我要繼續探究下去，唯一的敵對方面就是

「主宰會」，也只有「主宰會」才會關心我的動向。

難道青龍竟是受了「主宰會」的委託，來查究我的動向的？這未免不可思議，首先向我提及「主宰會」的是他，不然，我怎麼也不會把事情聯繫到這個傳說中的神秘組織身上的。

我一面和他敷衍着，一面迅速轉着念，覺得只有一個可能：青龍和「主宰會」發生關係，是最近的事。

如果是這樣，我會不會繼續追究，會不會和「主宰會」站在敵對的地位，他自然關心，或者說，「主宰會」方面也關心。

這又進一步說明，如果我探究下去一定可以揭露一些「主宰會」正在做着見不得人，會遭到全人類反對的事情！

一想到這一點，我心頭不禁大是緊張，當然，表面上看若其事：「酋長的死，有結果沒有？」

青龍搖頭：「漫無頭緒，出事的時候，也沒有目擊者。曾有報告說，有一輛紅色的跑車，曾出現在公路上，可是也沒有進一步的查證。」

我心想，原來玻璃落在溫寶裕他們的手中，連行兇者都不知道，這個意外，對我相當有利——各位自然都可以料到，當我知道「主宰會」方面有事實想隱瞞，不讓為人不追究時，我已經決定，就算本來準備放棄的，在這樣的情形下，也要繼續追查下去。

我既然假設青龍已在「主宰會」服務，在他面前，自然不能再表示什麼，反倒要裝出若無其事的樣子，但又不能太過分，所以我又道：「你還有沒有『主宰會』進一步的消息？」

青龍笑着，笑容看來尷尬：「怎麼會有——有，也只是表面的，像斐將軍突然下台，自然是『主宰會』的力量。」

我「嗯」地一聲，又在言語中試探了他幾次，可是他都十分得體地應付了過去。一直到他告辭，我們兩人的對話，都有着兩個敏鋭的人之間的「心照不宣」，可是卻又互不説破——就算説破了也沒有用，雙方都不會承認。這是一種十分微妙的情形。好幾次，我忍不住要指出他這次前來，另有目的，可是我始終覺得他的目光不狡詐，十分有誠意。

所以我想，他可能有不得已的苦衷。而且，不論怎樣，他若是來告訴我，不要繼續去查究「主宰會」的行動，那麼他總是一番好意。

我們客客氣氣握手道別，我送他上了車，他在臨走之前，突然苦笑了一下，忽然道：「其實你已經猜到了，是不是？」

我裝作不懂：「猜到了什麼？」

他打了一個哈哈，用力一揮手：「算了。」

他離去之後不久，白素回來，我把情形向白素一說，白素的看法和我一樣：「毫無疑問，他是來察看你是否有和『主宰會』作對的意圖。」

我悶哼一聲：「『主宰會』也未免太看得起我了。」

白素笑：「衛斯理什麼時候謙虛起來了？誰都知道，衛先生若是存心作起對來，再厲害的組織，也不免要大是頭痛。」

人總是喜歡聽頌揚的話的，我不禁有點飄飄然，白素隨即又道：「雖然頭痛之後，可能下殺手消除頭痛的根源，我們衛先生也就玩完了！」

我悶哼一聲：「只怕不至於吧。」

白素沒有再說什麼，一直到當晚，我們再討論，白素這才提出：「酋長的資格，只是旁聽者，所以，他那塊玻璃，當然和正式的『會員證』不同。」

我眨着眼，在沉思白素的話是什麼意思。白素已又道：「所以，那塊玻璃得到的電腦密碼，只是一組數字，而不是什麼進一步的電腦資料。」

我「啊」地一聲：「你的意思是，要有進一步的線索，還得在那組九位數字上去找？」

白素望了我半晌，嘆了一聲：「我並不贊同你繼續探索下去，可是那批照片給我的印象太深，我感到有一個可怕的陰謀正在進行，要是可以阻止……」

她講到這裏，停了一停，我忙道：「若是陰謀和『主宰會』有關，就必須繼續探索下去。」

白素吸了一口氣，呆了半晌，才點了點頭：「所以，我認為至少應該到挪威那家停止了生產的造紙廠去看看，不應該太懶，它的電話號碼和得到的數字如此吻合，不可能只是巧合。」

一句話，說得我直跳了起來。

白素說「不應該太懶」，太有道理了！

得到了一組數字，推測是電話號碼，打了沒有人接，查到了電話號碼的所在地——絕大多數人，行動都到此為止了，能想到到那地方去看看的人，可說少之又少。

而白素說得對，應該去看看！

那一組九位數字，可能只是第一個指引，到了那地方，可能會有第二個指引，第三個指引，而使得和「主宰會」愈來愈接近。

溫寶裕算是聰明的了，查到了電話屬於停工了的一家造紙廠，可是他也未曾想到要去看一看。

我望了白素半晌，白素又嘆了一聲：「我不能阻止你去，只好說——」

我不等她說完，就道：「我會小心。」

說到這時候，胡說、溫寶裕、良辰美景結伴而來，我一直把那塊玻璃和「主宰會」有關的情況瞞着他們，因為怕事情會有意外的凶險。

我也不準備告訴他們我要到挪威去，看來他們對酋長的玻璃，也已沒有了興趣，話題集中在那批照片上。溫寶裕的設想十分驚人：「我認為，能把人變得那麼可怕的，只有勒曼醫院的那批魔鬼怪醫。」

胡說悶哼一聲：「目的何在？」

溫寶裕道：「一種實驗，在實驗過程中的現象，例如那個……改變了細胞基因密碼的形成的那個可怕的東西，誰知道變成了人之後，是什麼情形。」

良辰美景則十分肯定地道：「不，和勒曼醫院一點關係都沒有。」

胡說和溫寶裕齊聲問：「何以見得？」

良辰道：「我們設想，和在勒曼醫院和班登醫生聯絡過，他說的話……」

她說到這裏，現出了疑惑的神色來，美景接着說：「他的話，我們不是很明白，不過，他說醫院中沒有那種可怕變形的病人。」

我說了幾句：「勒曼醫院規模極大，班登只顧自己在培養那個『人蛹』，不見得會知道其他部門正在從事什麼樣的研究工作。」

良辰美景齊聲道：「他知道的，他說——他說的，就是我們不明白的，他說，醫院最近，完成了……靈魂和肉體的轉移，驚人之極，是人類歷史上從來也沒有的事，雖然他們不是獨自完成，甚至只是旁觀，但總是在勒曼醫院中完成了這個壯舉的。」

胡說和溫寶裕叫：「什麼叫靈魂和肉體的轉移？」

良辱美景道：「就是，我們也不很明白。」

他們一起向我和白素望來，我和白素也莫名其妙，我道：「聽起來，好像是使一個靈魂，進入了一個身體之內，他們善於製造身體，什麼時候又和靈魂扯上關係的？轉移，那又是什麼意思，把甲、乙兩個人的靈魂和身體互換？」

我自己也覺得愈說愈玄，所以沒有再說下去。溫寶裕忽然神情十分嚴重地盯着良辰美景：「你們用什麼方法和班登聯絡的？」

兩個女孩子齊聲答：「那是我們的秘密。」

胡說也加入了不滿，和溫寶裕一起說：「我以為我們是好朋友！」

良辰美景一噘嘴：「好朋友之間，也還是有自己的秘密的。」

胡說和溫寶裕的臉色難看之極，顯然，他們的自尊心受到了傷害，而且良辰美景又絕沒有補救的意思，自然而然，接下來的談話，就不免有點格格不入，雖然不至於不歡而散，但也沒有以前那麼融洽。

等他們走了之後，我和白素道：「好朋友之間，不應該有秘密。」

白素想了一想：「那要看朋友好到了什麼程度，雙方是不是都認為是那麼好而定。」

我沒有再說什麼，只感到四位年輕人之間，就此可能出現感情裂痕。不過那也不是什麼了不起的大事，不值得去多想。

第二天，我想邀白素一起去，我才到過芬蘭，北歐又沒有什麼特別好玩的地方，有人作伴，總比較好一點，可是白素卻不肯去，甚至沒有理由，只是道：「我想不論情形如何，你是可以應付，我不必去了。」

我拗不過她，只好獨自啟程。

在長程飛行中，我有機會，靜下來把整件事，好好地想一想。

我發現，至今為止，發生的事，實在相當簡單，只不過在事情發生時，蒙上了層層煙霧，所以才會有極度的模糊迷離之感。

例如那隻「會說話的八哥」，在當時，簡直神秘之極，但一了解是怎麼一回事，也就簡單得很。

尤其，當知道事情和「主宰會」有關之後，就更加明朗化了！剩下的令人覺得驚心動魄的只是「主宰會」是那麼厲害的一個組織，難免使人一想到到心頭生寒！

這時，我想到的是，假設我是阿加酋長，要去參加旁聽「主宰會」的會議，我會到什麼地方去？一個會議廳？所有出席者都在？

這實在難以設想，若照傳說，「主宰會」的成員，會是第一流的大人物，那麼，他們之中，一個兩個，秘密行動還可以，若是世界上有數的大人物，忽然一下子全神秘地集合在一起，那決不可能保守秘密。

所以，所謂會議，一定不是普通的形式。

在飛機上，做種種的設想，時間倒也不難消磨，到奧斯陸時，恰好是傍晚時分，在酒店安頓好了，打電話向當地的電訊局，問問那個號碼，得到的答案，是那個造紙廠的地址。

我性子急，租了車，直駛向郊外的那個造紙廠，造紙廠在奧斯陸的北郊，一個叫科夫塔的小鎮上。

等到到達，已經是午夜時分了，雖然只是初秋，但是一下車，寒風漫漫，大有涼意。

那造紙廠的規模相當大，有鐵絲網圍着，產地上還堆着相當多木材，和一些機器，廠房看來，並沒有什麼特別。造紙廠需要大量用水，所以在廠房不遠處，有一條河流過，夜半靜寂，只聽得河水汩汩作響。

我不知道該如何着手，心想，先進去看看，什麼地方有電話的，或者可以有點線索。

當時，實在一點頭緒也沒有，鐵門鎖着，我輕而易舉，翻了過去，遠處有犬吠聲傳來，老大的造紙廠，看來早已空置，一個人也沒有。

一直到走進廠房，什麼障礙都沒有遇上。我着亮了小電筒，照着，在廠房走着，不一會，推開了一道門，裏面像是辦公室，在一張桌子上，發現了一具電話，走過去，拿起來聽了聽，一點聲音也沒有，早已剪了線。

在接下來的兩小時中，我一共發現了二十多具電話，每一具都失了功用，在一間看來是工廠首腦的辦公室中，有一具電話，電話機上的號碼，正是通過玻璃所得出的密碼，我拿起來聽，一樣一點聲音也沒有。

不過，這具電話，卻和一個電話錄音裝置聯結在一起，我仔細觀察了一下，發現了十分奇特的一點：在那錄音裝置上，有一個立方形的凹槽，大小恰好和那塊玻璃一樣。

我心中一動，取出了那塊玻璃來，放了進去，不但恰好填滿了空間，而且在兩邊，都有小紅燈亮起，錄音帶的轉盤轉動，電話鈴也陡然響了起來。

在那樣空無一人的廠房之中，陡然聽到了電話鈴聲響，着實吃了一驚，但心中的高興，也難以形容——那塊玻璃，竟然有那麼大的用處！

我連忙拿起了電話聽筒來，先聽到了一陣「嘶嘶」聲，接着，便是一個十分動聽的女人聲音：「請注意留心聽，以下的話，只說一遍。下午三時，港灣三巷，里斯音響行，第十六號試音間。」

接下來，又是一陣「嘶嘶」聲，再是一句話：「請取回你的的證件。」

又等了一會，再沒有聲響發出來，我放下電話，取起了那塊玻璃，迅速地離開了紙廠。

當我又駕着車，在公路上飛駛之際，我對這種聯絡方法之秘密，不禁歎為觀止。

我見過許多秘密聯絡的方法，可是絕沒有一個比這個更複雜更隱秘的了，簡直差半分都不行。

一家音響行的試音室，我不知道在那裏會發生什麼事，或許，會有更進一步的指示。

同時，我也想到，作為「證件」，像我手中那一塊玻璃，一定不止一塊，多半是每一個旁聽會員，都有一塊。如果是獨得的一塊，酋長已受到了制裁！自然也早就應該作廢了。

回到酒店之後，和白素通一個電話，白素立時想到：「衛，『主宰會』的會議，一定是電話會議。」

我「啊」地一聲：「對！我只有旁聽的資格，在那音響店中，我一定可以通過裝置，聽到會議的過程。」

白素的聲音緊張：「不論聽到了什麼，絕不能隨便對人說起。」

我也不禁心頭怦怦亂跳——一個那樣隱秘組織的會議，我有機會旁聽！我所能聽到的，不知是什麼樣的秘密？

當晚我睡得並不好，索性盤腿而坐，靜坐到了天亮才睡了一會，好不容易到了下午，我離開酒店，到了港灣三巷，那是港灣旁的一條大街，兩旁都是出售高級商品的各類商店。

我找到了那家音響店，規模很大，由於時間還早，我又徘徊了片刻，才走進店去。一個女職員迎了上來，我看到店堂後，是一列試音間，就向那裏指了一指，逕自走了進去。

在第十六號試間前站定，門上的鎖上，紅色的字標着「有人」。我不禁怔了一怔，看着時間，還有三分鐘就是三時了。

等了半分鐘，沒有什麼動靜，我心想，如果是「主宰會」的安排，絕無此際「有人」之理，我仔細察看着鎖孔，看到有一個小蓋可以移動，一移開，又是一個小小的方形凹槽，我心中「哈哈」笑，取出那方玻璃來放進去，輕輕一推，已推開了門來，取回玻璃，閃身進去，把門關上。只見試音間中，有一副耳筒，一副英文字母的字鍵。

我吸了一口氣，拿起耳筒來戴上，坐了下來，看着牆上的指示牌。原來想聽什麼歌，只要在那副英文字鍵上，打出歌名，自然可以聽到。

我不是為聽音樂而來的，應該怎樣做？

躊躇了片刻，正不知如何才好，耳筒中突然傳來了報時的聲音，接着，便是我在造紙廠電話中曾聽到過的那個女人的聲音：「旁聽者請注意，以下，你所聽到的，是最近一次會議的錄音，你必須明白，會議的內容，是極度的機密，泄露機密，會得到嚴厲的懲處。」

我吞了一口口水，不由自主，伸手在胸口輕撫了一下。我就快可以聽到的，是主宰世界一切運作的一些人的會議記錄！

這種幻想式的組織，不但真的存在，而且也一日不斷地在實施他們無所不在，無所不能的權力。

耳筒中略有雜音傳出，接着，是一個男人的聲音，那聲音顯然曾經受過變音處理，決不是原來的聲音，所以，無從辨別那是什麼人。

那種變音一傳入我的耳中，我就想到，變音，無非是轉變聲音的頻率。只要找出這個頻率，就很容易把聲音還原的，那並不複雜。

而我的身邊，又帶着小型錄音機，把聲音記錄下來，就可以知道講話的究竟是什麼人了。

我把小型錄音機連結妥當，那首先講話的，像是會議的主持人，他的第一句話是：「常務執行小組處理了一些非常事故，懲戒了通過不正當手段而成為旁聽者的阿加酋長，懲戒了原駐東南亞聯絡人和他的手下，委任了新的駐東南亞聯絡員。」

第十四部

消滅二十億人的特種病毒

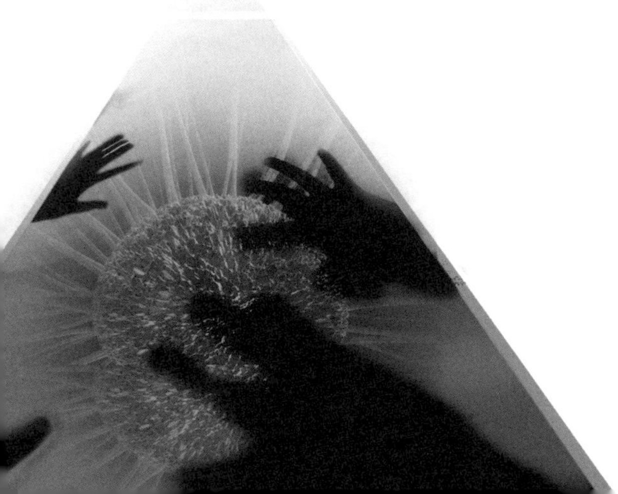

我聽到這裏，心中就陡然一動。

「原駐東南亞聯絡員和他的手下。」自然是指包勃和與他一起死於小型飛機失事的那幾個人了！

所謂「懲戒」，就是處死，其間竟連一點餘地都沒有！

而令我心動的，是聽了「委任了新的駐東南亞聯絡員」之故。新委任的，是什麼人？替代了包勃那位置，成為「主宰會」的聯絡員，會是青龍嗎？

那男人的聲音在繼續着：「斐將軍的野心，超越了大家的決定，所以決定開除，已經執行，這項決定，有利於這局勢的均衡，也可以藉此制裁自以為是的成員。」

我吸了一口氣，繼續聽下去，那男人頓了一頓，忽然道：「燕麥有什麼問題？」

所謂「燕麥」，自然是一個代號。我立時又聽到了另一個變音，相當蒼老：「一項政治婚姻，會在北非洲進行，應該讓它如期實現嗎？」

我迅速轉念，自然也立即想到了那宗婚姻是哪一宗，接下來，是好幾個人的討論，有的贊成，有的反對，表決的結果是「聽其自然」。

然後，接下來討論的一個問題，又令得我心頭亂跳。提出的問題是：「航道再受到阻擾，考慮使用強大的武力行動。」

我自然知道，「航道受阻擾」是怎麼一回事，稍留意國際時事的人都知道。

結論是一個響亮的聲音所作出的：「武力行動，情報證明，只有武力行動，才是最好辦法，要戰爭，也在所不惜！」

我喉際有點發乾，移動了一下身子，又在若干和世界的局勢有關的討論和決議之後，是一個相當尖利的聲音道：「散佈計劃在實驗室中已到了決定性的階段，是不是要實行？請討論。」

一個蒼老的聲音道：「什麼計劃？計劃太多了。」

尖利的聲音提醒：「請參閱一七一號絕密文件。」

記錄中居然有「唰唰」的、翻閱文件的聲音。我自然無法知道那文件是什麼內容，奇怪的是，我聽到了幾下不顯著的低呼聲——由於驚駭而發出來的那種。

顯然，那表示有不少人看到了令他們感到恐懼的東西。

像是那個蒼老的聲音：「十分可怖，也很理想，最後選定了哪一種？」

一個聲音道：「看到那個活人骨了？瘦成那樣的人，才一出現的時候，會使人認為那是由於飢餓形成的，要好久，才會有人發現那是一種特殊的病毒所形成。」

我一直在用心聽着，雖然不是完全聽得明白，但是也可以知道，這個「會議」，正在決定許多世界大事，會議所作的決定，的確能左右世界的大局。但是我也在想：與會者通過什麼來執行他們的結論呢？如果根本不能實行，那就只是癡人説夢，整個所謂「會議」，可能只是一些神經不正常者的遊戲。

而當我聽到了所謂「散佈計劃」時，我還全然不知道那是一個什麼樣的計劃。可是接着，有人提到了「活的人骨」、提到了「瘦成那樣的人」，即使我立時想到了在那批相片中看到的那個瘦子，用「活的人骨」來形容，實在再恰當不過。

我也立時想到，剛才，在翻閱文件的聲音中，有不少低呼聲，是不是有很多人都看到了那批可怕的照片？而照片上的情形，全是「實驗室中成功的結果」？

至於那「活的人骨」，竟是由一種「特殊的病毒」所形成的——聽到了這裏，我心頭狂跳，喉際發乾，幾乎昏了過去！

我明白了！

在實驗室中，製造一批「特殊病毒」，並將之散佈出去，這就是所謂「散佈計劃」。

這個計劃付諸實行，病毒侵入人體，就會有大批人變成照片上的那種可怕的「活人骨」，而表面上看來，是由於飢餓。

我的思緒極度紊亂，所以，我忽然又想到，常在新聞圖片上，看到那批亞洲各地的飢民，瘦得皮包骨頭，奄奄待斃，是不是「散佈計劃」已經在實行了？那些人並不是因為飢餓，而是已受了「特殊病毒」的侵襲？

剎那之間，我耳際嗡嗡作響，那個聲音，聽來也格外震耳：「估計至少要在三十年之後，才會有人找出防禦這種病毒的方法，而到時，由這種特殊病毒造成的死亡，估計是二十億人，可以恰好抵消人口的增長。這是一個完美完善的計劃！」

我不由自主閉上眼睛，伸手扶住了牆，以免太過震驚，會站不穩。

地球上的人口，如今是五十億，正以驚人的速度在增加，人口急速膨脹，是一個大問題，一個尚待解決的大問題，沒有人否認這個問題的嚴重性，因為若是由得人口毫無節制地增長的話，會形成極可怕的後果。

這是人人都知道的事。

可是，在三十年之中，通過散佈病毒，消滅二十億人，來抵消三十年中人口增長的數字，這樣的計劃，和大屠殺有什麼分別？

誰聽了這樣的計劃，都不免震動，虧得那些人，還能冷靜地討論這樣的計劃！

我想大叫，可是張大了口，只是大口喘氣，卻發不出聲音來——這個計劃若是付諸實現，那是人類有史以來最大的殺戮！

二十億人！在特殊病毒的侵襲下，先變成「活的人骨」，然後死亡，無可救治，無從預防！更可怕的是，這是來自「主宰會」的計劃，若是有什麼力量阻止它的進行，只怕也會遭到無情的誅殺。

我身上的寒意，愈來愈甚，在未來的三十年中，人口增加二十億，那固然可怕，但是在未來的三十年中，有二十億人，會被消滅，這更加令人不寒而慄，不可想像。而且，大規模的，無可預防的神秘死亡，必然會給全人類帶來極度的恐慌。

很難想像，在這種龐大的死亡陰影的籠罩之下，人類還能有正常的社會生活！聯帶而產生的心理影響，可以使全人類的道德崩潰，而進入不折不扣的世界末日的心態之中！

我愈想愈害怕，只想到了一點：這個計劃，必需要制止！盡一切力量制止！

在雜亂的思緒中，我也想到，許多日子來，我曾和不少外星人打交道，地球人一直怕地球遭到外星的侵襲，被外星人毀滅。

如今看來，真要毀滅全人類的，還是人類自己。

那種「特殊病毒」的「散佈計劃」，遠比大量製造核武器可怕得多，病毒散佈開來，如何可以控制它們去殺害二十億人？如何可以控制它們不無限制地擴散？一種在三十年間可以令二十億人死亡的病毒，要令全人類消亡，自然也輕而易舉！

我一面迅速轉着念，一面大口喘着氣，而在耳筒中，還不斷有聲音，傳入我的耳中。

一個聲音在問：「沒有更好的，更直接的辦法？這種方法使人死亡，要多久？」

回答的聲音說：「十天，還可以更縮短。」

另一個聲音在問：「實驗室的報告什麼時候可以完成，供我們研究決定？」

回答的聲音說：「最近一個月，就可以有極詳細的報告。」

我雙手緊握着拳，不由自主，啞着聲音叫了出來：「這無數的實驗室在哪裏？」

我又聲音苦澀地笑——就算知道了實驗室的所在處，那又怎麼樣？去把它炸掉？令得那種特殊病毒，更快散佈？提前殺人？

如果要制止這種事發生，一定要那些瘟神，取消這個「散佈計劃」。

很奇怪，這時候，我自然而然，把那些參加會議的人，和瘟神聯想在一起。到那時為止，我聽到的一共是五個不同的聲音，那簡直是一個五路瘟神的會議，在決定如何把瘟毒放出去，殺害二十億或更多或全人類！他們的行為，和傳說中的瘟神一樣，而殺戮的規模卻大得多！

自有人類歷史以來，最大的瘟疫，使多少人死亡？不會超過三百萬，可現在是二十億，是二十億！

這時，那個蒼老的聲音道：「等有了受害的報告後再作決定。決定總要作的，我們對全人類負有歷史責任，大家都明白這一點？」

耳筒中傳來了幾下答應聲，聲音並不大，可是震得我心頭發怵。

這種大規模的殺戮，竟也冠以「歷史責任」之名，真令人啼笑皆非。

在靜了極短的時間之後，又是那個最先提及「散佈計劃」的聲音說：「要告訴各位的是，這個計劃在執行中，出現了一個小小的意外。」

先是一陣靜默，然後是幾個極表不滿的悶哼聲。那蒼老的聲音（這個人在主宰會的地位一定相當高），更表示了明顯的不滿：「怎麼了？我們所有的計劃，都必要在毫無意外的情形下運作！」

那聲音道：「是，就是剛才曾提及的那個東南亞聯絡員，他在準備把實驗室的一卷攝影結果轉交給一個會員前，竟遭到了扒竊，失去了那卷軟片。」

又是一陣靜默，那聲音才道：「而且，經過了努力，沒有找回來，知道扒竊者是誰，也知道了扒竊者和幾個身分神秘的人有來往——」

我聽到這裏，手心已不住在冒汗，可是接下來聽到的話，縱使不至使我魂飛魄散，也足以張口結舌！

那聲音繼續道：「其中有一個最值得注意的人，叫衛斯理，有關他的資料，請參考附送文件第七號。」

天！我竟然也在他們的名單之上了！

接下來，是要命的沉默，只有紙張翻動的聲音，和一些意義不明的「唔啊」之聲，顯然是那些人，正在翻着有關我的資料。

在那段時間中，我屏住了氣息，以至胸口隱隱生痛。終於有了聲音，是那蒼老的聲音：「嗯，這個衛斯理，看來不容易對付。」

一個聲音道：「簡直難以對付之極，他和若干外星人，好像仍有聯繫。」

那個提出有我的人道：「本來，事情可能和他有關，但最新的消息，他並不捲入漩渦。」

我聽到這裏，不禁大奇──我非但捲入了漩渦之中，而且，正在漩渦的中心，何以那人會那樣說，難道：「主宰會」的情報工作，竟然如此之差？

可是再聽下去我立即明白了，那人繼續道：「根據新任東南亞聯絡員的報告，最近他曾與之會晤，證明這個衛斯理曾在事件中出現，是由於他和那個扒手是老朋友，他和整件事無關，這對我們來說，是一件好事。」

我在「主宰會」的心目之中，竟然有那麼高的地位，這一點，頗值自傲，而那幾句話，更證明了「新任東南亞聯絡員」，除了青龍之外，不可能再是別人！

青龍明明知道我和事情大有牽連，甚至最近他還在我的書房中看到了那批照片，可是，他的報告卻是我和整件事沒有關係！

他的用意再明顯──他在掩護我！

他明知欺瞞被發現的結果，可怕之極，可是他還是不顧一切地幫助我，避免我和「主宰會」的敵對地位明朗化！這使我十分感動，而且，使我聯想到他來看我的情形，大家都心照不宣的那種微妙的應對。而我還是太低估了他，他顯然早已知道那塊玻璃在我手裏，也知道我終於會利用那塊玻璃，聽到這一段錄音。

他只是暗暗地勸我不要再追查下去，委婉地警告我不要和「主宰會」為敵，而他為了使我不陷入危險的境地，而冒着極大的風險。

青龍竟然是那樣的一個好朋友。

當時，我心情激動之極，但是我也有了決定：不論我要採取什麼行動，我一定要先和他商量了再說。

有了這樣的決定之後，鎮定了很多，耳筒中有一個聲音在說着：「與我們為敵的，一律消除，這是我們的宗旨。那卷底片，一定要找回來，要是流傳出去，追根究柢起來，『散佈計劃』的內情，就會暴露。」

那聲音道：「是，正在努力，但如果全然無可追尋，就有可能它已不再存在。」

剛才的聲音聽來暴躁：「不要『可能』，我們要有百分之百的肯定。」

雖然沒有人反對這個意見，聽到的是那幾個附和的聲音，整個會議，到這裏已告一段落，又靜了片刻，才有人道：「這次會議結束，下次討論，請等候通知。」

接下來，是一些「滴嗒」的聲音，那更可以肯定，會議是電話會議，參加的五個人（我聽到五個不同的聲音），可能一個在北美洲，一個在西歐，一個在亞洲！現代科技，輕而易舉地使他們可以互相聽到各自的聲音，和聚在一起商議一樣。

接着，又是那個女人聲，再告誡了一遍，絕不能把聽到的內容泄露出去。

我放下耳筒，走出那家音響店，漫無目的向前走，心中一片紊亂，不知不覺來到了海灣邊，我在一張臨海的長凳上坐了下來，海風吹來，應該甚有涼意，可是我一點也不覺得，反倒不住在冒汗。

真有「主宰會」存在？

不但存在，而且他們不斷在活動！

他們的活動，不但左右了世界局勢，而且，還進一步影響了人類將來的命運！

而他們的行事手段，如此出乎常規，和人類社會現在奉行的道德觀，截然相反。

他們這樣的活動，究竟要把全人類送到什麼樣的境地去？

我呆坐了許久，心中充滿了驚駭欲絕的疑問，等我稍為定過一些神來時，我取出了那小錄音機，想把整個過程再聽一遍，才發現我那性能良好的小型錄音機，一點聲音也沒有記錄下來。

我心中苦笑，暗罵自己太笨，當然在試聽間中有着強烈的消磁裝置，使任何錄音機失效，不然，每一個旁聽者，都可以知道是哪些人在參加會議了。

我又想到阿加酋長，他千方百計，以那麼高的代價，取得了「主宰會」的旁聽資格，只怕他也絕想不到，會是這樣一種方式的旁聽，他可能以為可以和「主宰會」的成員見面，握手言歡。

到現在為止，我也只知道斐將軍，曾經是會員，除此之外，一無所知。

自然，任何人都可以估計，可以隨便舉出三五十個，在世界上有權有勢，足以左右世界局勢的人出來，說他們是會員，可是要確實證明他們的會員身分，就難之又難了！

我一直呆坐到了夕陽西下，想了又想，到後來，心境才漸漸恢復了平靜，那是由於我想到，「主宰會」的組織，不論多麼嚴密，那些大人物，總不能每件事都親自去做，必然要利用許多人。而人是最難控制的，其間也必然會生出許多漏洞來，所以，不必把「主宰會」當成是無可抗拒的可怕。

像青龍，擔任主宰會中一個相當重要的職位，可是他卻為了掩護我，而作了虛假的報告，使得主腦分子受了蒙蔽，作錯誤的判斷，暴露了他們的弱點。

我相信，由於青龍的誤導，他們對我並沒有進行嚴密的監視，我的行動，雖然在青龍的意料之中，但他也不會報告上去。

想到這些，自然輕鬆了許多，但是我還是不敢大意，在返回酒店途中，我肯定了沒有人跟蹤，在酒店，又和白素通了個電話，我只表示一切順利，見面再說，又囑咐她，如果青龍來了，請轉達我對他的感謝，他會知道為了什麼謝他。

然後，我聯絡航空公司，準備在最短的時間就離開。

我如果阻止這個「散佈計劃」的實現，時間沒有太多，一個月，完整的研究報告出來，計劃就會實行。我一閉了眼，就似乎看到奇形怪狀的特種病毒，在漫天飛舞（真正的病毒，當然小得肉眼絕看不到），從人的毛孔中鑽進去，在人體內繁殖，生長，使得被病毒侵襲的人，成為「活的人骨」。

我也夢見五個瘟神，穿着顏色不同的衣服，在漫天飛舞，撤下瘟疫的種籽，令人大批大批的死亡。

胡亂睡了一夜，第二天一早趕到機場，航機着陸，一出來，就看到了白素，白素的神情，有異樣的緊張，一見到了我，就雙手緊握着，她手冰冷，看到那情形，像我九死一生歸來一般。

我忙望向她，她伸手向處一指，我循她所指看去，看到青龍正站在那裏，舉手向我略打了一個招呼。

白素低聲道：「原來你的行動，他都知道，他也知道那塊玻璃在你這裏——當時，紅色跑車曾被明確地報告，是被他刪去的！」

我拉着白素，向青龍走去，青龍也向我迎來，到了近前，我才道：「青龍，你真大膽！」

青龍淡然一笑：「彼此彼此！」

他有點急不及待地問：「你聽到了什麼？」

我道：「説來話長……以你如今的地位，難道竟一無所知？」

青龍苦笑了一下：「我？只是棋盤上的一隻棋子，怎知道下棋的人，會把我放到什麼地方去？」

我壓低聲音：「方便和我在一起出現？」

青龍點了點頭，我和他不約而同，緊握着手，用力拍對方的肩。

一起到了家中，他先斟了一大杯酒，大口喝着，抹着嘴：「我先説。」

我沒有異議，他再喝了一口，才道：「你才走，就有人來找，要我替代包勃的職位。經過的詳細情形我不説了，和我接頭的人説，我被視為最佳人選，如果我不答應，由於已經和我接過頭，不答允的唯一結果，就是被消滅，有上百種方法可以消滅我。」

我和白素都不出聲。

用死亡來威脅像青龍這樣的人，照説地發生不了什麼作用的，我在等候他進一步的說明。

他再喝了一口酒，神情苦澀，伸手在臉上重重撫摸着：「兩位，你們或者……會笑我，我……曾經死過一次，所以……真正從心底深處，害怕死亡！所以我答應了。」

我大聲道：「才不是！你是為了可以更好地幫助我，因為你明知我不會就此罷休，有你幫助，事情進行就會容易得多。」

青龍現出了十分高興的神情：「我真會這樣想？我真的不怕死亡？」

我用力拍他的肩，我知道，他那不尋常的死亡經歷，在他心中造成巨大的心理陰影，必須消除他心頭的陰影，他才會完全恢復正常，我道：「我沒有見過比你更勇敢的人，你雖然受了僱用，可是你勇敢地反抗，完全置生死於度外。」

青龍像是受了稱讚的小孩子一樣，神情高興莫名，連連搓手：「你怎麼知道了那麼多？你真的旁聽了一次會議？討論了一些什麼？」

我也先喝了一大口酒，定了定神，才把我聽到的一切，複述了出來。

第十五部

會選擇侵襲對象的病毒

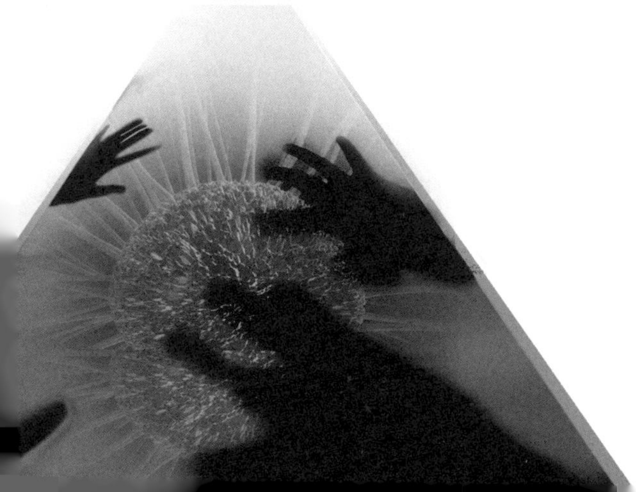

等到我講完，書房中只是出奇的靜寂。

好一會，白素才首先打破沉默：「當然要盡量設法制止這個計劃的實行，那……簡直是一個瘟神散播瘟疫的行動，太可怕了！」

青龍也喃喃地道：「他們自以為是什麼？真是掌握人類命運的神？病毒一旦散播，他們如何控制？是一些什麼樣的人，在替他們研究這種事？」

我苦笑一下：「可能是整個國家的科學研究院。」

白素向我望來，我道：「唯一對我們有利的是，我們手上有那些照片，他們曾提及，照片要是公布了！就對他們的計劃有妨礙！」

青龍的喉際，發出了「咯」地一下響，他雖然沒有說什麼，可是臉色變得很難看。白素道：「公布照片，對青龍造成損害。」

青龍真的很勇敢，想了一想：「只要能阻止計劃的實現，我也不算什麼。」

我用力搓着手：「可以通過許多方法，發表那些照片，例如……例如……」

我想了一想，還沒有說下去，白素已然道：「例如交給有影響力的雜誌，說明由來，它們就會刊登。」

我立即同意：「對，標題就叫『特種病毒引起可怕病變，將消滅全人類，野心家刻意製造，準備散播害人』！這樣一來，就會引起各方面的注意。」

青龍保持沉默，白素向他望去，徵詢他的意見。過了一會，青龍才嘆了一聲：「暫時只好這樣，希望一公開之後，他們會有所顧忌。」

當時，我們就議定了二十份有影響力的雜誌，附上一封信，把照片交給它們，更強調其中那幅「活的人骨」，說如果陰謀付諸實現，病毒得到散播，那麼，不久之後，就會出現在地球上以前從來未曾見過的怪病。患者在病毒的侵襲之下，會變成那樣可怕，在不到十天，就會死亡，無可救治。

擬定了稿件之後，青龍先告辭離去，接下來的三天，我和白素，忙於準備照片，帶齊所有的信件，故意飛到了夏威夷去付寄。信上的具名是：「知道了一個大陰謀的人」——我很少做這種鬼頭鬼腦的事情，可是這時，卻不能沒有顧忌，總不能在信後寫上「衛斯理、白素」的名字，等「主宰會」來找我麻煩。

寄出了那些信件之後，心境仍然久久不能平復。溫寶裕他們來過好多次，我守口如瓶，一字不提，他們雖然心中有些疑惑，但一再試探，都得不到什麼，也只好作罷。

半個月之後，有了反應，至少有五本雜誌，刊登了照片，和報道了這件事，自然，都十分小心，選用了「可能」、「據説」等詞作為開始，但那批照片使任何看到的人，感到震撼，那麼可以肯定。有一家雜誌作了專家式的鑒定，證明照片絕非特技效果，而是真正有那樣的實際情形，才會有這批照片出現。

所以，那家權威性的雜誌作出結論：「大有可能，有一群心態瘋狂的人，正在實驗室中，製造一些特種病毒，使本來已飽受疾病威脅的人類，更面臨滅絕的危機。」

我和白素都感到十分滿意，因為看起來，效果比預期的更好。

有一本雜誌還組織了一個醫學界人士的講座會，專業人士指出，在實驗室中，以已有病毒作為基礎，培殖變種的新病毒，再把這種病毒，像散播瘟疫一樣散播出去，完全有可能，至於在散播了病毒之後，人類是不是還有能力控制，那就不大樂觀。

一時之間，各種病毒、細菌的傳播，人類和它們搏鬥的過程，都成為報章雜誌上的熱門話題。許多文章提到，人類在經過許多的努力之後，已經基本上掌握了如何消滅細菌的方法，例如天花病毒，就幾乎已經被消滅了。

可是，在很多細菌和病毒，被控制或被消滅，或有了效的對付方法之後，很多新的病毒，甚至完全來歷不明的，卻不知從何處冒了出來，侵襲人體，奪取人類的生命。

這些病毒，真像一群瘟神，在地球上不斷散播着一樣。

近年來，令得醫學界人士束手無策的一種病毒，不但能破壞人體後天免疫系統的功能，而且這種病毒，有極其詭異狡猾的「異質特性」，隨時會轉變它表層蛋白質的抗原性，使人體原有的抗疫系統，完全無法對付——對人類身體的抗疫系統，是經過幾千萬年進化而形成的，絕無可能在短期內改變，去應付那種有「異質特性」的病毒。

已經有專家估計，這種近幾年來，突然冒出來的病毒，所形成的免疫系統失效以致死亡，在下一世紀，會令超過一億人喪失生命。

已經存在着的病毒，會在人類全然無法對付的情形下，殺害一億人！

（兩次世界大戰加起，死亡人數，也沒有達到這個數字。）

這已是無法改變的事實！

所以，有許多雜誌就大聲呼籲：如果另外有一種病毒，可以在未來的幾十年中，殺害二十億人的話，那不能當作絕無可能的事，應該盡一切力量，來制止這種可怕事情的發生。

各方面的反應熱烈，出乎我和白素的意料之外，在一個月之後，我和她商量：「上次會議上，說是一個月之後，實驗室有完善的報告，現在報告應該已經提出來了，要知道我們的努力是不是有結果，必須再去『旁聽』一下會議的決議。」

白素想了片刻：「這次如果你再去，那一定會暴露你的身分。」

我自然知道會有這個可能，但我仍然堅持：「總要知道一下結果，如果『主宰會』仍然堅持它的計劃，我們得另外設法對付。」

白素嘆了一聲，在我額上，輕吻了一下，沒有再說什麼。

第二天，我就又帶着那塊玻璃，到了奧斯陸，進了那家音響店，可是第十六號試聽間和我上次來的時候，已完全不一樣——和別的試聽間一樣，絕對無法在其中聽到什麼秘密會議的記錄，那塊玻璃也一點用處都沒有——根本連要用玻璃開啟的鎖都不在了。

我大失所望，向幾個店員問了問，店員都不知道我在說些什麼。

當然，我知道，那批照片一公開，「主宰會」方面，一定知道他們的工作，在某方面出現了漏洞，所以採取行動來補救，在我手中的那塊玻璃，可能已經是廢物了！

可是我還是不死心，漏夜又再到那造紙廠去，在上次的那間辦公室中，電話也被拆走了。

完全得不到消息，我只好回來，在歸途上，我在想，反正我已盡了力，現在，只要一有「活人的骨」這種病例出現，全世界都會知道是怎麼一回事，「主宰會」看來，非放棄這個計劃不可。

我回家之後，和白素一說，她的看法，也和我一樣。

事情到這裏，可以說告一段落了，可是卻還有餘波。大約在半年之後，在一個俱樂部中，享受了一次豐盛的晚餐之後，約莫有十來個人聚在一起談天。其中許多都是熟人，但有一個身形高瘦，雙眼深邃的中年人卻是陌生面孔。

他操極其純正的英語，開始只是對一個人在說話，但不一會，他的話，就引起了全體的注意。

他的聲音十分嘹亮：「人類，自稱是萬物之靈，可是行為的愚昧程度，比起別的生物來，只有過之而無不及。大家都知道有一種生物叫『旅鼠』的？」

在座有一位生物學家，立時叫出了旅鼠的學名：「LEMMINGLEMMING。」

那中年人點頭：「對這種小動物，有一種十分有效的方法，控制牠們的繁殖。」

一個人沉聲道：「旅鼠的方法，是集體自殺，這不算是最好的方法！」

那中年人冷冷地道：「比起人類完全無法控制人口的增長來，要好得多了。」

我對那人的話，也頗不以為然：「照閣下的說法，人類也應該集體自殺平衡人口數字？」

那中年人「嘿嘿」冷笑，態度傲慢得出奇：「人類可以有更好的方法？」

有人道：「說得具體一些！」

那中年人卻又岔開了話題，沒有立即回答，他道：「在未來的三十年中，估計人口要增加三十億——」

我聽到了這個數字，心中一動，那人又道：「未來的五十年，人口要增加一倍，各位，現在是五十億，到那時，變成一百億。」

所有人都靜了下來。雖然大家都對他的態度相當不滿，可是他所指出的事實，卻無法不令人吃驚，五十年，人口增長一倍，地球或者可以負擔一百億人口，可是再幾十年時，地球能養活二百億人口嗎？

那中年人又道：「自然會有節制人口的力量，例如戰爭、瘟疫、饑荒，都會使人口減少，可是減少的數字，遠不及增長，所以，必需要極有效的人為抑制，不然，人類會面臨全體滅亡。」

他把問題說得那麼嚴重，大家的氣息不免有點急促，我抿着嘴，覺得那個中年在說話的時候，眼光有意無意的掃向我，這使我心中一動，陡地想起不久以前我的經歷來：「主宰會」曾有計劃要消滅大量人口，這個來歷不明的中年人，忽然發表了這樣的言論，難道是針對着我而來的？

一想到一點，我就道：「所謂人為抑制，是指節制生育，還是——」

那中年人不禮貌地打斷了我的話頭：「節制生育，證明失敗，人類之中，有一部分，相當大的部分，愚蠢到了連簡單的節制生育都做不到！那就只好在事後作補救了。」

幾個人驟然叫起來：「屠殺？大規模地屠殺？」

那中年人卻半晌不出聲，等所有人的眼光，都停留在他的身上，若干分鐘之後，他才道：「人類的道德觀念，十分奇特，當全人類面臨危機時，不肯犧牲一些，而去保存全體！」

我大聲質問：「哪一部分應該犧牲，哪一部分應該保留，這該由誰來決定？」

那中年人直盯着我，用斬釘斷鐵的語氣，說出了一個奇怪之極的答案，他道：「由一種特殊的病毒來決定。」

一時之間，人人都莫各其妙，不知道他這句話是什麼意思。

我相信，在場，明白他這句話意思的，只有我一個人。

特種病毒！「主宰會」會議中曾提到過的特種病毒。

這個人，和「主宰會」必然有某種關係，這可以肯定。而「主宰會」也必然知道，那批照片的公布，和我有關係，這個人確然是衝着我來的。

我竭力使自己鎮定，冷冷地道：「閣下的計劃是放出一批特種病毒來，令它們去侵襲人類，造成大量的死亡？」

我的回答，更令得所有的人發出驚呼聲，那中年人竟毫不猶豫道：「是。」

各人的驚呼更甚，我的聲音也更嚴峻：「那等於在散播瘟疫，病毒那麼容易奪走人的生命，有什麼法子可以控制，我看這種行動的結果，是全人類加速滅亡。」

那中年人連聲冷笑：「控制？誰能控制病毒的滋長和蔓延？可是既然是特種病毒，自然會自行選擇它侵襲的對象，不必由什麼力量來控制。」

有人叫了起來：「這太玄了！病毒怎麼會選擇？病毒能決定誰該死？誰不該死？」

顯然許多人都認為中年人的話固然有理，但是關於這一點，還是太無稽了，所以很多人都附和，表示不可能。

中年人向我望來，我暫不發表意見，只是向他作了一個手勢，請他說下去。

中年人又大聲道：「能。」

幾個人叫：「詳細說明，先別肯定！」

中年人兩道濃眉一揚：「破壞人體內天然免疫系統的病毒，就懂得選擇侵襲哪一類人，如果不濫交，就絕沒有被侵襲的機會。」

這兩句話一出口，所有人都靜了下來。

破壞人體免疫組織的病毒，藉性接觸而傳染，一個人，如果絕不濫發生性關係，自然不會被病毒侵襲，這是最簡單的道理。

那中年人換了一個角度來看這個簡單的問題，聽起來就有點怪，可是事實仍然不變，那種病毒，確然是有選擇性的——它選擇性濫交的人來侵襲——愈是濫交，被侵襲的機會愈是大！

也就是說，這種病毒擴散的結果，是大批性生活隨便的人，首當其衝，被選擇為消滅的對象。

一時之間，人人想到了這一點，所以，是一個相當長時間的沉默。

那中年人倒並沒有得意洋洋，神情變得更嚴肅，仍然盯着我。

我感到喉間有點發乾：「那麼，你是不是說……特種病毒，也懂得選擇，它侵襲的對象是——」

那中年人一昂首：「長期在飢餓狀態中的人。」

這句話一出口，所有人都嘩然驚呼，我也立時向他怒目相向。

中年人連聲冷笑：「長期在飢餓狀態中的人，值得同情，要救濟他們，是不是？」

他問了，不等人的回答，陡然提高聲音：「人類這種陳腐的道德觀念，遲早會把全人類害死！人人都至少要能吃飽，方能生存，若是長期連吃飽都在所不能，沒有病毒的侵襲，飢餓只能令人死亡，病毒的侵襲，只不過加速死亡，同時減輕痛苦。」

有人叫道：「這……是什麼理論？」

我搶着代答：「這是瘟神的理論，想不到瘟神要散佈瘟疫，也要找理論根據，也要使自己良心不內疚。」

那中年人神情不屑之極：「講這些玄話，能使人口增長得到抑制？」

我還沒有回答，他又道：「特種病毒，還會侵襲生存意念薄弱的人——這些人，本來就不想活下去，偏偏有許多道德規範，硬逼着他們活下去，於是他們就在痛苦中生活，病毒會令他們快點死亡。」

至少有一半人，已然搖着頭，離開了廳堂，不再聽那中年人的「胡說八道」，其中有幾個，態度比較激烈，臨走時還向中年人作出極不友善的表情。

還有一個人，雖然仍在，但也不住搖頭，我來到那中年人的身前，壓低了聲音：「閣下的話，好像不很得人心。」

中年人神情堅定、自信，但也多少有點黯然：「哥白尼發現地球繞太陽轉，還被人燒死了。」

我苦笑：「每一個科學家，都用哥白尼來自況，哥白尼可沒有要在三十年中殺死二十億人。」

那中年人一停也不停：「另外五十億人，可以活下來，他們有活下來的能力，有活下來的權利，不應該受到那些該死者的連累而同歸於盡。」

我仍然搖頭，大家都不理睬他了，那中年人的神情更黯然，向外走去，不知道為了什麼原因，我和他一起了出去，到了一輛車子前，他在打開門之後，轉過身來，向我道：「你可知道只要一個試管……那樣的容量，我的特種病毒，就能完成任務。」

我吸了一口氣，不出聲。

他又道：「可是計劃被你破壞了，你公布了那批照片，會議否決了我的計劃。」

我苦笑：「我沒有那麼偉大，我……能救了二十億人的性命？」

中年人縱笑起來，笑聲驚人之極：「你偉大？你不是救了多少人，而是把人類推進了絕滅的陷阱！」

我覺得十分疲倦，根本不想和他爭辯，只是道：「那更偉大了，我更夠不上。」

他又看了我一眼，我還想問他究竟是什麼人時，他已上了車，立即駛走了。

我呆立了很久才回家，白素在聽我轉述之後，苦笑：「真糟……不過也好，至少證明，『主宰會』的成員，也不是一味亂用權勢的。」

我道：「這個人……他的理論……」

我由於無法下結論，所以話說到一半，也說不下去。白素再苦笑：「刀劍、饑荒、瘟疫一直在減少人口，可惜是無選擇的，比較起來，有選擇的，應該好得多。」

我不由自主搖着頭，選擇，長期處於飢餓狀態中的人是首選，這算什麼樣的選擇！

但這也不能否認有選擇的侵襲是一種好現象，破壞免疫系統的病毒選擇濫交者，就很合乎人類的傳統道德。

把病毒和選擇放在一起說似乎很荒謬，但實際情形，就是如此！

就在我和白素，感嘆着的時候，溫寶裕、胡說和良辰美景，興沖沖來到。

溫寶裕一進來就叫：「查到了，查到了。」

我沒好氣：「查到了什麼？大呼小叫的。」

溫寶裕拍打着手上的一本書：「看，《三教搜神大全》第四卷，說五瘟神的情形：身披五色袍，各執一物：一人執杓子並罐子，一人執皮袋並劍，一人執扇，一人執錘，一人執火壺。這五個瘟神還有名字：春瘟張元伯，夏瘟劉元達，秋瘟趙公明，冬瘟鐘仕貴，總管中瘟史文業！照我看，罐子、皮袋之中，全是瘟神的法寶，一放出來，天下瘟疫叢生，死人無數。」

他一口氣說到這裏，才停了一停，大眼睛動着，嘻笑着問：「真有瘟神？」

他再也料不到的是，我和白素，異口同聲，神情嚴肅地回答：「有！」

（全文完）

衛斯理小說典藏版 38

瘟神

作　　者：　衛斯理（倪匡）
責任編輯：　黎倩雲　　蔡藹華
封面設計：　李錦興
出　　版：　明窗出版社
發　　行：　明報出版社有限公司
　　　　　　香港柴灣嘉業街18號
　　　　　　明報工業中心A座15樓
電　　話：　2595 3215
傳　　眞：　2898 2646
網　　址：　https://books.mingpao.com/
電子郵箱：　mpp@mingpao.com
版　　次：　二〇二二年七月初版
I S B N：　978-988-8688-86-9
承　　印：　美雅印刷製本有限公司